KB126377
la vie d´or

고광(高光) 현대 판타지 장편소설

초판 1쇄 찍은 날 | 2018년 9월 4일
초판 1쇄 펴낸 날 | 2018년 9월 11일

지은이 | 고광(高光)
펴낸이 | 예경원

기획 | 위시북스
편집책임 | 이규재
편집 | 위시북스

펴낸곳 | 예원북스
등록번호 | 제396-2012-000132호
등록일자 | 2012. 7. 25
KFN | 제1-302호

주소 | 경기도 고양시 일산동구 호수로 646-24 위너스21II빌딩 206A호 (우)10401
전화 | 031-819-9431 팩스 | 031-817-9432
E-mail | yewonbooks@naver.com

ISBN 979-11-89450-39-7 04810
979-11-89450-37-3 (set)

※ 이 도서의 국립중앙도서관 출판시도서목록(CIP)은 서지정보유통지원시스템 홈페이지(http://seoji.go.kr)와 국가자료공동목록시스템(http://www.nl.go.kr/kolisnet)에서 이용하실 수 있습니다.

2
라비돌
la vie d´or
고광(高光) 현대 판타지 장편소설
WISHBOOKS GAME FANTASY STORY
Wish Books

라비돌
la vie d´or

CONTENTS

- 1장 -
신성

"죄송합니다, 교수님."

대남의 단호한 거절에 나 교수의 표정이 약간 일그러졌다. 예상치 못했던 의외의 답변이었기 때문이다. 일전에 대남이 출연했던 다큐멘터리를 기억해 낸 나 교수가 혹시나 하는 마음에 재차 물었다.

"자네, 법조인으로서의 삶을 살지 않을 것인가."

"예, 전 법조인이 될 생각이 없습니다."

"이유를 물어봐도 되겠나."

한국대학교 법학부에 입학을 할 정도의 재능이면 법조계로 나가지 않는다 하더라도 이미 미래는 보장되었다고 할 수 있었다.

다만, 법학부의 이점을 살려 법조계로 진로를 정한다면 그 미래는 무엇과도 비교할 수 없을 정도로 찬란할 것이다.

"근묵자흑이라는 말처럼, 저 또한 법조계에 발을 들인다면 기성세대들과 별반 다르지 않은 법조인이 될 것입니다. 저는 제 자신을 그리 높게 평가하지 않습니다. 개인이 소리를 친다고 해서 세상이 바뀔 수 있는 시대는 지났습니다. 세상이 바뀌어야 개인 또한 변할 수 있는 거겠죠. 그만큼 거대한 세상 속에서 법조계라는 한정적인 공간에 제 삶을 구속하며 살아가기는 싫습니다."

"흠……."

나 교수는 뒷말을 흐릴 수밖에 없었다. 일전의 대남을 떠올려 보면 의협심과 정의감으로 똘똘 뭉쳐 있는 전형적이고 순수한 법학도의 모습이었다. 하지만 그건 나 교수가 틀린 것이었다.

대남은 의협심으로 가득 찬 사내가 아니었다. 오히려 염세적이라고 해도 좋을 만큼 세상을 부정적으로 바라봤다. 그것은 미래를 엿볼 수 있는 초능력이 한몫을 했다고 할 수 있다.

나 교수의 감언이설에 속아 법조인으로서의 삶을 살아간다고 해서, 이미 지나치게 두꺼워져 버린 검찰의 철조망을 자신이 뚫고 새로운 역사를 만들 수 있을까. 어림도 없는 소리. 법조계에서 두각을 드러내면 드러낼수록 철조망은 숨도 못 쉬게 턱밑까지 조여 올 것이다.

종국에는 현실에 타협을 하고 사느냐, 아니면 그대로 죽음을 맞이하느냐. 선택의 기로가 극명하게 갈릴 것이 자명했기에 대남은 법조인으로서의 삶을 선택할 생각이 없었다.

비록 스무 살이었지만 최루탄 냄새가 진동했던 격동의 시대를 살아온 터라, 그 정도 사리분별은 할 줄 알았다. 그저 현실적인 마지노선으로 올곧은 말을 내뱉음으로써 자기 위안을 하는 것이 전부였다.

"생각이 바뀌면 언제든지 나를 찾아오게."

나 교수의 침잠된 목소리가 대남의 귓가를 파고들었다. 오랜만에 쓸 만한 원석을 찾았다고 생각했는데 빛바랜 원석이었다.

아니, 오히려 자신이 어떻게 쓰임을 당할지 알고 스스로 빛을 내지 않는 것처럼도 보였다.

대남의 뒷모습을 좇는 나 교수의 눈동자에는 이전과 다르게 아쉬움이 가득했다.

세상은 시시각각 그 모습을 달리하고 있었다. 정치권은 5공 청산과 심판을 다짐했지만 실질적으로 지지부진한 성과를 보였고, 오히려 머지않아 정계(政界)가 개편될 것이라는 소문이 서울 전역을 맴돌았다.

그리고 5공 청산에 대한 국민의 성화가 높아지니 생각의 고리를 잠그려는 듯 문화·예술계에 탄압이 이어졌다.

출판 탄압을 겪었던 출판 단지의 사람들은 과거를 반복하기 싫어 대규모 시위를 벌였으나, 계란으로 바위 치기나 다름없었다. 결국 백여 종의 서적과 간행물이 '국가보안법' 위반으로 출판 금지를 당해 출판업계는 다시금 불경기에 접어들고 있었다.

"회계학을 강의하기에 앞서 잠깐 사담을 풀자면, 지금 집안에서 사업을 하는 학생들 많습니까? 계신다면 한번 손 들어 보세요."

회계학 수업을 진행하는 교수의 말에 강의실을 채운 수많은 학생 중 상당수가 손을 들어 보였다. 대남은 이 수업을 신청하지 않았으나 회계학의 경우 강의를 듣는 학생들의 숫자가 많아 뒷자리에 앉아 청강을 하더라도 티가 나지 않았다.

"회계학 교수로서 이런 말을 하기 참 뭣하지만, 현재 대한민국은 지속적인 경제성장을 이룩하고 있지만 그에 못지않게 경제사범들 또한 기승을 부리고 있습니다. 특히, 세무법과 내국세법, 그리고 회계학 등을 악용해 벌어지는 사기는 단군 이래 최대라고 할 정도이지요."

대남이 공강 시간에 회계학을 청강하기 위해 경영학과 B동을 찾은 이유는 강의를 진행하는 교수에게 있었다. 본래 사업에도 관심이 많다는 회계학 교수는 원론적인 강의 말고도 재미있는 사담 등을 많이 풀어놓았다.

"값싼 자본력을 찾아 해외 공장 설립에 박차를 가하는 이때, 일례로 동남아 등지에서는 지금 한국 기업들을 대상으로 사기를 치려는 조직범죄가 꾸준히 벌어지고 있습니다. 제가 아는 모 기업의 사장님이 당했던 일화를 설명하자면, 동남아 지역의 대규모 제조 공장이 한국 기업과의 협력을 체결하고자 현지 바이어가 방한을 했습니다. 한국에선 바이어들에게 물품을 양도받기 이전에 세액공제를 위해 조기 세금계산서를 발급해 주는 것이 관례였는데 바로 그 점을 악용해……."

회계학 교수의 이야기를 듣던 그 순간, 대남의 눈앞이 암전되었다.

갑작스레 찾아온 초능력이었지만 오히려 반가웠다. 간간이 초능력을 강제로 발휘해 볼까도 생각했지만 혹여나 또다시 뇌출혈이 도질까 망설였었다. 그런데 이렇게 스스로 발현을 해주다니 고마울 따름이었다.

-내 말 들리나, 지금부터 유언 아닌 유언을 남기겠다.

'이게 무슨.'

미래가 보일 것이라는 예상과 달리 눈앞은 여전히 칠흑같이 어두웠다. 한데 대남의 머릿속으로 정체 모를 목소리가 파고들었다. 마치 쇠를 긁는 듯 탁하고 힘이 없는 노인의 목소리였다.

-반갑군. 어차피 이 이야기는 서로의 의사소통이 불가능한 일반 소통이니 잠자코 들어주길 바라네. 자네가 앞으로 수많은 과학 연구를 추진하기 위해선 막대한 자금이 들 것이고, 돌이켜 보건대 대부분의 젊은 천재들이 그러하듯 자네 주머니엔 동전 한 닢 없을 테지……. 그래서 시드머니를 마련해 주고자 이 음성을 남긴다네.

'시드머니……?'

종잣돈을 만들어준다는 노인의 목소리에 대남은 귀를 세웠다.

-1980년대 후기는 정치적 비자금이 많이 움직였던 시기이지. 하지만 군사정권의 수천억대에 달하는 불법 비자금의 동향을 정확히 파악한 이는 아무도 없었다네. 그만큼 눈먼 돈이 땅바닥에 널브러진 돌멩이처럼 많았던 시기이기도 하지. 물론 그 시대를 살았던 일반인들은 이 사실을 죽었다 깨어나도 모를 일이지만.

이어지는 노인의 말에 대남은 경악을 금치 못했다.

무기명채권의 행방을 비롯해 감자밭과 마늘밭 등지에 숨겨놓은 거액의 뭉칫돈들. 게다가 향후 기업들의 정세를 설명하는 노인의 말은 한마디 한마디가 일확천금을 거머쥘 수 있게 하는 단초였다. 다만, 노인은 그 한도를 정해놓은 듯 당신이 가르쳐 준 단초들로 대남이 수천억대의 자산가가 되지는 못하게 했다.

-돈이 많아서 등이 따시고 배가 부르면 여자가 끼이게 되어 있고, 그러면 과학의 발전은 더뎌지는 법이지. 지금 내가 가르쳐 준 정보들을 제대로 조합만 해도 족히 수십억 원 정도는 손에 거머쥘 수 있을 것이야. 그 시대에 그 정도라면, 충분히 연구를 위한 시드머니가 될 테지. 너무 많은 욕심은 화를 부르는 법이라네.

그 말을 끝으로 노인의 음성이 끊어졌다. 그와 동시에 어두웠던 세상이 점차 밝아지고, 다시 회계학 교수님의 목소리가 들렸다.

"……그래서 사기꾼들이 세액공제를 위해 받은 세금계산서를 들고 미리 환급 신청을 한 뒤 환급 금액만을 받고 동남아 전역으로 도망을 치고 있는 상황입니다. 법의 허점을 이용해 불거지는 이러한 사기들은 줄어들기는커녕 급증하고 있는 추세이며, 요즘에는 간도 크게 검경의 신분을 사칭하고 사기를 치는 일당도 있다고 합니다. 사업을 하시는 집안이면 이 같은 시기에는 아무리 친했던 사람이라도 의심부터 하고 봐야 합니다."

회계학 교수는 계속해서 요즘 불거지는 경제 사기에 관해서 일장 연설을 하고 있었다.

평소 같았으면 대남 또한 흥미롭게 들었을 이야기였지만 지금은 정신이 없었다.

'도대체 누구지. 정말 조금 전 흘러나온 음성이 미래의 누군가가 남긴 유언일까.'

초능력을 이용해 미래의 TV와 신문까지도 엿본 마당에 음성으로 남겨진 익명의 유언을 못 들을 이유도 없어 보였다.

'모르겠군, 정말.'

복잡하게 생각해 봐야 답이 나올 리 만무했다. 애초에 초능력부터가 비정상적인 이야기이다 보니, 아무리 생각해도 의문은 풀리지 않았다.

노인의 생각과는 다르게 대남은 지금 당장 노인이 남긴 유언을 활용할 생각을 하지 않았다. 노인의 마지막 말처럼 너무 많은 욕심은 화를 부르는 법이었다. 노인은 자신이 알고 있는 비자금이 뒤탈 없이 사용할 수 있는 눈먼 돈이라 했으나, 대남은 노인의 말을 믿기 힘들었고, 굳이 불법 비자금에 손을 대는 위험을 감수하기 싫었다.

"아이고, 이 일을 어찌해야 해……."

수업을 끝마치고 성북동 본가에 도착을 한 대남은 현관에서부터 발을 동동 구르고 있는 어머니를 목격했다. 어머니의 초조한 모습을 본 적이 없었던 터라, 어머니를 진정시키며 집 안으로 들어갔다.

"도대체 무슨 일이에요?"

"네 아버지가 지금 검찰에서 조사를 받고 있다고 하더라."

"네?"

어머니의 말에 불현듯 김익한 부장검사가 떠올랐으나, 나중학 교수의 말처럼 그 정도 일로 보복을 생각하지는 않았을 것이라는 생각도 들었다.

지금쯤 승진이 확정되어 신나 있으면 모를까, 대남은 고개를 절레절레 젓고는 어머니의 말을 계속해서 들었다.

"점심쯤에 직원들하고 같이 드시라고 도시락 싸서 출판사를 찾아갔는데, 아빠가 출근을 하자마자 검찰에서 나온 사람들이 임의동행이라고 하면서 연행해 갔다고 하더라. 그런데 그 정장쟁이들이 아빠를 어디로 연행해 갔는지 직원들도 아무도 모르니…… 정말 무슨 일이라도 생긴 거면 어떡하니 대남아……."

어머니는 말을 끝마치면서 눈물까지 글썽이고 있었다.

대남은 현재의 상황을 냉정하게 생각했다. 아버지가 정말 검찰청에서 나온 사람들에 의해 연행된 것이라면 불법 구금을 의심해 볼 수도 있는 일이었다. 하지만 짚고 넘어가야 할 점이 분명 있었다. 세금 체납도 하지 않았고 불법 시위에 가담한 적도 없는 아버지를 왜 연행해 간 것일까.

"혹시, 출판 단지 사람 중에 아버지처럼 지금 검찰에 연행된 출판인이 있나요?"

"……아니. 엄마도 혹여나 하는 마음에 이곳저곳 알아봤는데, 지금 출판 탄압 때문에 언론에서도 출판 단지를 조명하고 있는 상황이라 금양출판을 제외하고는 아무도 잡혀간 사람이 없다고 하더라. 오히려 네 아빠가 잡혀갔다고 하니 의아해하는 사람들이 많더구나."

어머니의 말로 인해 대충 어떻게 된 일인지 윤곽이 잡혔다. 아버지가 돌아와 봐야 정확한 전후 사정을 알 수 있겠지만 지금 나타난 단서들로만 조합해 보자면, 아버지를 연행해 간 검찰청 사람들은 '사기꾼'일 가능성이 농후했다.

"도대체가 이게 어떻게 된 일인지……."

어머니가 자리에 무너지듯 주저앉으며 말했다. 최루탄 냄새가 진득하게 밴 성북동에 살아서인지 어머니는 검찰이라고 하면 자다가도 벌떡 일어날 정도로 무서워했다.

아버지는 출판사를 운영하는 기업인이었지만 영악하지는 못했다. 과거 직원들 월급을 연체하고 도망치듯 파산하는 회사들이 수두룩했던 그 당시에도 끝까지 직원들을 책임졌던 사람이었다. 호인이라면 호인이고, 어떻게 보면 사회 전반적인 상황에 대해서는 눈이 어두운 사람이었다.

대남은 일단 서둘러 경찰에 신고하고자 마음먹었다. 하지만 수화기를 듦과 동시에 현관문이 열리는 소리가 들렸다. 현관문 너머로는 어깨가 축 늘어진 아버지의 모습이 보였다.

"아버지!"

대남이 아버지를 향해 크게 소리쳤다. 다행히 어디 몸 상한 곳 없이 성한 채로 돌아온 아버지의 모습에 일단 마음 한편에 자리했던 불안감이 쓸려 내려갔다.

"여보, 미안해. 그리고 대남아, 미안하다……."

대남은 아버지의 힘없는 목소리를 들음으로써 직감할 수 있었다.

시드머니를 사용해야 할 때가 다가왔다는 것을.

검찰을 사칭한 사기꾼들의 행각은 서울 전역을 중심으로 활개를 치고 있었다. 그들의 표적에 출판 단지라고 예외는 아니었다.

더군다나 금양출판은 현재 <고난의 시대>, <목스 녹스> 등으로 출판업계에서 최고의 주가를 달리고 있는 출판사라 해도 과언이 아니었다.

"그놈들이 하루 만에 비자금을 만들어서 조달하지 않으면 그대로 고난의 시대와 목스 녹스를 좌익 서적으로 선정해 출판 금지를 해버리겠다고 하지 않냐. 저작권을 국가에 귀속시켜 출간물의 영상화 작업까지 막아버린다고 하는데 내가 무슨 방도가 있었겠어…….”

“그 말을 믿으셨어요?”

대남의 말에 아버지는 땅이 꺼져라 한숨을 내쉬고는 말을 이었다.

“함께 잡혀간 최 과장이 검찰청 공무원들 말이 맞다고 계속 부추기더구나. 일이 더 커지기 전에 우리 선에서 정리하는 게 좋겠다고…….”

“그래서 얼마를 건네셨는데요.”

“오천만 원…….”

“최 과장 아저씨는요.”

“돈을 건네고 나니 온데간데없더구나. 연행해 갔던 정장쟁이들도 날 승합차에 태워서 골목길 언저리에 내려주고 쌩하니 사라지더라……. 그제야 이 모든 게 사기라는 것을 깨달았지.”

최 과장은 금양출판의 편집부 과장이었다. 이렇다 하게 실력이 뛰어난 이는 아니었으나 인성과 성실함을 인정받아 근속하고 있는 직원이었다. 믿는 도끼에 발등 찍힌다더니 딱 그 짝이었다. 회계학 교수의 말처럼 요즘 같은 시기에 사업을 한다면 친한 사람이더라도 의심을 하고 봐야 했다.

대남은 이미 충격을 받고 온 아버지에게 이렇다 할 말을 할 수 없었다.

"그래도 다친 데가 없으셔서 다행이에요. 일단 경찰에 신고부터 하죠."

대남의 말에 아버지는 고개를 저었다. 아무래도 오늘 겪은 일련의 일들로 인해 심신이 많이 고달프신 것 같았다. 사람 믿기를 좋아했던 아버지로서는 친구 일을 겪은 지 얼마 되지 않아 부하 직원에게까지 사기를 당하니, 세상살이가 참 흉흉하게 느껴졌을 터.

어머니는 사기 행각이 중요한 게 아니라, 검찰청에 연행된 줄 알았던 아버지가 무사히 돌아오셨다는 그 점 하나만을 가지고도 다행이라 눈물을 훔치셨다.

1980년대는 사기 행각이 끊임없이 벌어졌던 시대기이기도 했다. 군부 정권을 사칭해 기업인의 돈을 공갈로 갈취하는 이들도 비일비재했으며, 급격하게 성장하는 기업들을 대상으로 법률을 악용한 법비들도 판을 쳤다.

"아버지."

대남의 부름에도 아버지는 말씀이 없으셨다. 아버지는 오천만 원을 잃은 것보다 믿었던 사람을 잃었다는 생각에 적잖이 실망하신 듯했다.

아버지의 그런 우유부단함이 싫었던 적이 없었던 건 아니지만 만약 아버지가 돈에 목매어 살았더라면 금양출판은 지금까지 존재하지 못했을 것이다.

대남은 그런 아버지를 실망시킨 최 과장과 검찰을 사칭한 사기꾼들을 용서할 생각이 없었다. 인연에 얽매이지 않는 대쪽 같은 성정은 아버지를 닮지 않았다고 자부할 수 있었다. 최 과장과 사기꾼에게는 법을 통해 엄중한 처벌을 내릴 것이다.

하지만 또다시 이런 일이 발생하지 않으란 법도 없었다. 장자로서 금양출판을 탐내고 접근하는 무리로부터 가족을 지켜내야만 했다.

그러기 위해선, 지금 대남에게도 힘이 필요했다.

그 시각, 상장 기업의 잇따른 부도로 인해 증권감독원은 촉각을 곤두세우고 있었다.

"도대체가 이게 어떻게 된 노릇인지……."

증권감독원의 산하에서 일하던 직원들은 요즘 들어 눈코 뜰 새 없이 바빴다.

등록 심사를 통해 상장된 중견 기업들이 부도를 냈기 때문이다. 애초에 증권거래소의 상장 자체가 웬만한 기업은 통과하기 힘들 정도로 빡빡한 것인데, 그 힘든 등록 절차가 끝이 나자마자 부도가 나버리니 귀신이 곡할 노릇이다. 기업 측에서 의도적으로 주가조작을 한 것이라 볼 수밖에 없었다.

"죄송합니다, 죄송합니다."

부도 사실이 공시되자 증권사 객장으로 전화가 빗발쳤다. 직원들은 그저 죄송하다는 말을 입에 모터라도 단 것처럼 연신 내뱉었다.

"이런 우라질!"

쾅!

증권감독원 김 국장이 편백나무로 된 책상을 거세게 내려치며 소리쳤다.

올해 들어서만 벌써 세 번째였다. 감사 보고서에는 흑자로 기록되었지만 법원 실사 결과에는 세 기업 전부 수십억 원의 적자를 기록했다. 소액주주들은 손해배상을 받겠다며 증권감독원을 연일 방문했고, 이로 인한 스트레스로 국장의 머리는 더는 머리카락이 남아나질 않을 정도로 벗겨지고 있었다.

"법정에서는 어떻게 될 거 같나."

국장의 물음에도 부하 직원은 우물쭈물하며 답변을 제대로 하지 못했다. 이미 손해배상을 청구할 기업은 부도 처리가 된 상태였고, 엉터리 감사를 실시한 외부 회계 법인들은 서로 책임을 미루기 바빴다.

재판이 시작된 법정에서도 이 같은 엉터리 감사로 인한 소송이 작년 처음으로 제기되었기 때문에 제대로 된 판례 하나 없는 상태였다.

"후……."

국장은 한숨을 몰아쉬며 두 손으로 얼굴을 감싸 안았다.

한마디로 똥을 제대로 밟은 것이다.

현재 대한민국은 극심한 양극화 현상의 시발점을 달리고 있는지도 몰랐다.

가명·무기명 금융거래 등 잘못된 금융 관행이 묵인되어 음성·불로소득이 널리 퍼져, 소위 지하경제가 번창하였다. 이 과정에서 계층 간의 조세 부담은 더욱 벌어졌고, 조세 탈루를 통한 재산의 은닉이 용이해지다 보니 빈익빈 부익부 현상이 점점 심해졌다.

초능력을 통해 들었던 유언을 떠올려 보면, 군부 정권의 산하에서 만들어진 수천억대의 불법 비자금 중 상당수가 무기명 채권으로 숨겨져 있었다.

"이걸 어떻게 처리한다……."

대남은 고민을 거듭했다. 전국의 감자밭과 마늘밭에 숨겨져 있는 수억 원대의 뭉칫돈을 회수한다고 해도 금융기관의 눈초리와 세무조사를 피하기는 힘들 것 같았다.

"흠, 돈이 어디에 있는지 아는데 쓰지를 못하니."

무기명채권을 명동, 을지로, 강남 일대에 펼쳐진 지하 시장에 융통한다고 해도 그 금액을 합법적으로 쓰기 힘들었다. 재산을 늘리기 위해선 그만한 경제 활동이 필요했다.

"그 수밖에 없나, 정말."

대남은 노인이 유언으로 말했던 말을 기억해 냈다.

'무기명채권과 뭉칫돈을 세탁하고 싶거든 그놈을 찾아가라. 일면식이 없는 사람이라고 할지라도 자신에게 콩고물이 떨어지는 일이라면 양잿물도 마시는 놈이니. 더군다나 뒤끝도 없다고 그 바닥에선 유명한 인물이다.'

ST상사는 글로벌 기업을 지향하는 신흥 재벌 기업이다.

해외 수출을 권장하는 현 정부의 정책과 맞물려 70년대 후반부터 눈부신 발전을 지속해왔다. 하지만 그 이면에는 더럽고 저열한 속사정이 있었다.

"제대로 작성해라."

ST상사 회계팀은 단출하게 구성되어 있었다. 기업 규모와는 어울리지 않게 여러 개의 팀으로 분산해서 일하지 않고, 단일 팀으로 조직된 소수 정예라는 것이 특징이었다.

"다들 알겠지만 여기서 하는 일이 밖으로 새어 나갔다

간…….”

회계팀장 고달수가 짐짓 으름장을 놓으며 팀원들을 훑었다.

“쥐도 새도 모르게 죽는 거야.”

고달수가 손날로 자신의 목을 긋는 시늉을 하며 말하자 팀원들은 눈을 내리깔기 바빴다.

ST상사는 겉으로 보자면 시가총액 수천억대에 달하는 건실한 기업이다. 하지만 그 속사정을 살펴보면 무리한 수출 정책으로 외형은 크게 성장했으나 사실은 수많은 적자가 발생했고, 계속된 투자 실패로 인해 피해가 점차 누적되고 있었다. 그런데도 경제 일간지와 금융지에서는 떠오르는 신흥 기업으로 ST상사를 소개했다. 한마디로 속 빈 강정이었다.

“다들 자부심을 가지라고, 양심은 팔 수 있어도 가난은 못 팔아.”

고달수가 음흉한 미소를 지으며 팀원들을 다독였다.

회계팀은 ST상사가 제대로 굴러가는 척 모양새를 만들어주는 중추 역할을 했다. 그에 걸맞게 고달수의 직급은 팀장이었지만 임원에 준하는 대우를 받았다. 그는 70년대 후반부터 ST상사의 회계 업무를 도맡아 막대한 부채를 숨기고, 이익잉여금을 증가시켰다. 또한, 손익계산서에는 당기순손실을 적게는 수십억, 많게는 수백억 원씩 누락시키는 분식 회계를 자행했다.

십여 년 동안 이어진 이러한 분식 회계로 인해 지금의 ST상사가 있을 수 있었다. 외부감사 또한 문제가 되지 않았다. 매년 외부 회계 법인이 기업 내 감사를 실시하지만, 정석대로 실시되는 경우는 없었다. 외부 회계사가 모든 장부와 전표의 원본을 확인해야 했지만 대부분 은행 채무 잔액 증명서와 내부감사를 통해 이뤄진 실사 보고서를 받아 보는 것이 전부였다.

"꼬리가 길면 잡힌다고? X 까는 소리 하지 말라고 그래."

고달수가 열심히 일하는 팀원들을 바라보며 호탕하게 소리쳤다.

회계 법인에 소속된 시니어들은 수시로 전담이 바뀌었고, 매년 ST상사를 방문하는 회계사 또한 다른 인물인 경우가 많았다. 그 경우에는 전년도에 실시한 감사 보고서를 토대로 감사가 이루어졌기에 들킬 리 만무했다.

만에 하나 들킨다고 해도 문제가 될 건 없었다. 이미 파트너 계약을 체결한 회계 법인에서 십 년 동안 외부감사를 시행했는데 문제점을 포착하지 못했다면 그 책임은 회계 법인에도 있었기 때문이다.

고달수는 팀원들을 독려한 다음 자신의 사무실로 문을 열고 들어갔다. 팀장이라는 직급에 걸맞지 않게 넓고 호화스러운 사무실이었다.

고달수는 소파에 몸을 기댄 채 테이블 위에 발을 올리고 담배를 꺼내 입에 물었다. 짙은 담배 연기가 천장을 향해 피어올랐다.

"따로 건질 만한 건수 어디 없나."

고달수는 회계사라는 직업과는 어울리지 않게 금붙이를 항상 몸에 끼고 다녔다. 겉모습만 봐서는 명동 거리 사채업자들과 비슷할 정도였다. 그만큼 물욕이 넘쳐흐르는 사람이었다.

기업 측에서도 고달수의 그런 성정을 모르는 바가 아니었으나, 워낙 일 처리가 똑 부러지고 확실하니 자잘한 건수에 관해서는 묵인해 주고 있었다. 물론 회사에 피해를 끼치지 않을 금액에 한해서였고, 고달수 또한 그 점을 잘 알고 있었다.

그 순간, 인터폰이 울렸다. 상념을 지워내고 수화기를 받든 고달수에게로 뜻밖의 말이 전해졌다.

-고달수 팀장님, 지금 본관 로비에 뵙기를 청하는 손님이 있습니다.

"……나를?"

이 시각에 회사까지 찾아올 이가 없었기에 고달수의 머리에 손님에 대한 의문이 피어올랐다.

고달수로서는 지금 상황이 이해가 되지 않았다.

"그러니까 돈세탁을 해달라는 겁니까?"

"네."

점심시간이 지난 때라 그런지 다방에는 사람들이 적었다.

외진 자리에 앉아 있는 터라 누군가에게 목소리가 들릴 일도 없었기에 고달수는 마음 놓고 말을 했다.

'대학생 같은데…….'

외모만 보자면 영락없는 대학생이었다. 자신을 어떻게 알고 찾아온 것일까. 검찰의 함정수사일까도 생각해 봤지만 그럴 경우는 없다고 봐도 무방했다. 이미 ST상사 측에서 검찰 수뇌부에도 로비를 하고 있는 입장이었다. 공생 관계나 다름없었기에 검찰 개혁이 일어나지 않는 한 꼬리를 잡힐 일은 없었다.

"얼마입니까."

"무기명채권과 현금으로 총 십칠억 원입니다."

"흠……."

금액이 생각보다 컸다. 기껏해야 수억 원을 생각했던 고달수로서는 대학생이 말하는 거액을 선뜻 믿기 힘들었다.

"한번 보시죠."

맞은편에 앉아 있던 대남은 그런 고달수를 마주 보다가 미리 준비해 놓았던 무기명채권 몇 장을 가방에서 꺼내 놓았다.

'2억 원……!'

"계약금입니다."

대남의 말에 고달수는 머리를 주억거렸다. 영락없는 무기명채권이다. 자신을 어떻게 알고 찾아온 것인지는 모르겠으나, 고달수의 입장으로서는 나쁠 것도 없었다. 돈세탁을 하는 방법이야 본래 하는 대로 ST상사의 분식 회계를 하면서 재고 비용으로 함께 증가시켰다가 이익잉여금에서 빼내오면 되는 일이었다.

"17억 원을 융통하려면 한 달 정도 시일이 걸릴 텐데 괜찮으시겠습니까. 때마침 분기 감사가 나오는 시즌이라 일 처리에는 문제가 없을 겁니다."

고달수의 말에 대남은 고개를 짧게 끄덕여 보였다.

"세탁한 돈의 수령은 어떻게 하시겠습니까."

"제 명의의 증권 구좌를 개설하겠습니다. 그리로 입금해 주시면 됩니다. 자세한 정보는 차후 다시 만나서 전해드리겠습니다."

고달수는 흔쾌히 대남과 악수를 하고는 자리에서 일어났다.

일면식도 없는 사이였지만 대남은 고달수를 신뢰하기로 했다. 유언을 통해 했던 말이 진짜라면 고달수는 돈거래에 관해서는 지하 세계에서 알아주는 일인이었기 때문이다.

수개월 뒤.

"삼 년 전 의정부를 떠들썩하게 했던 연쇄살인 사건을 기억하는 이들이 있을지 모르겠군. 증거가 남는 보통의 연쇄살인 사건과는 다르게 의정부 사건은 용의자 머리카락 한 올 나오지 않았지. 수사는 2개월째 진척이 없다가 갑작스레 나타난 한 명의 목격자로 인해 전환점을 맞이하게 됐어. 경찰을 찾아온 이 묘령의 여인 甲은 자신이 연쇄살인 사건의 유일한 목격자라고 했지. 목격 진술 또한 아주 신빙성이 높았어. 마치 옆에서 지켜본 것처럼 말이야."

형소법을 강의하는 나중학 교수는 이따금씩 제자들에게 실례를 들어 문제를 내곤 했다. 대남은 삼 년 전 서울 전역을 진동시켰던 연쇄살인 사건을 기억한다.

그 살해 수법이 워낙 잔혹해 초기에는 검찰에서 언론 노출을 꺼렸으나, 범인이 잡히지 않자 공개수사로 전환해 세간을 시끄럽게 만들었던 사건이다.

"경찰은 유일한 목격자라고 수사본부를 찾아온 여인 甲을 범인이라고 단정 지었어. 실제 범인이 아니라면 알 수 없는 디테일한 살해 방법과 시체 유기 방법까지 甲이 알고 있었기 때문이지. 실제로 영장 없이 甲의 집을 들이닥쳐 수색해 보니 살해에 사용되었을 법한 회칼이 다수 발견되었어."

나 교수의 이야기가 진행될수록 학생들의 눈동자는 빛이 났다. 마치 흥미진진한 고사라도 듣는 것처럼 그의 이야기에는 생동감이 넘쳤다.

"한데 왜 범인이 목격자인 척 수사본부를 찾아온 것일

까……. 경찰은 甲의 진료 기록에서 어렸을 적 정신과 진료를 수차례 받았을 정도로 정신세계가 불안정한 여자라는 것을 알아냈지. 그제야 검찰조차도 甲을 범인으로 추정하는 경찰의 말에 손을 들어주기 시작했다네."

나 교수는 목이 타는지 교탁 위에 놓인 물 잔을 들어 입을 축였다.

"결국 검찰은 甲을 압박 조사해 자백을 받아냈고 살인죄로 기소를 했다네. 검경에서 작성한 진술서와 그녀의 집에서 찾아낸 회칼 등을 증거로 제출했고 말이야. 그 결과, 그녀는 지금 청주여자교도소에서 무기징역을 선고받은 채 수감 생활을 하고 있지."

나 교수는 잠시 뜸을 들이듯 눈을 지그시 감았다 뜨고는 말을 이었다.

"여기서 내가 문제를 내보겠네. 만약 검경에서 지칭한 여인 甲이 실제 범인이 아니었고 법정에서 범행을 완강히 부인했다면 그녀가 취할 수 있는 방어 수단은 법률적으로 어떤 것들이 있겠나."

나 교수의 말이 끝이 나자 법학도들은 신음을 토해냈다. 나 교수가 낸 문제의 답을 법학적으로 추리해내기 힘들었기 때문이다.

실제로 있었던 살인 사건을 만약 용의자가 범인이 아니었다는 가정하에서 꼬아 냈기에 법조문을 찾아보지 않고 곧장 대답할 수 있는 학생은 쉽사리 찾기 힘들었다.

일순, 좌중이 고요한 가운데 대남이 손을 들었다. 그 모습을 바라보던 나 교수가 눈동자를 형형히 빛내며 고개를 끄덕여 보였다. 대남은 이목이 집중된 가운데 자리에서 일어나 목을 한 차례 가다듬고는 말을 시작했다.

"1심 재판 판결에서 일단 쟁점으로 살펴보아야 할 문제는 甲의 자택에서 찾아낸 회칼이 과연 증거능력을 충분히 발휘할 수 있는가입니다. 압수 절차가 영장 없이 진행되었고, 현행법상 긴급체포의 요건이 충족되지 않았다면 증거물 습득 역시 위법한 사항이 될 것입니다. 하물며 그녀가 법정에서 범행을 완강히 부인했다면 기소로 거슬러 올라가 검경의 압박 조사 또한 따져봐야 합니다."

대남은 좌중을 한 번씩 훑어보고는 말을 이었다.

"형법 제309조에 의거해 피의자의 피로 누적으로 인해 정상적인 판단을 할 수 없을 때 자백받은 진술은 증거능력을 상실하게 되어 있습니다. 더군다나 피해자는 과거 정신과 병력이 있었던 환자이기에 경찰에서 그녀의 상태를 충분히 고려했어야 합니다. 경찰에 심리 상태가 불안정한 상태로 진술되었던 목격 내용 등은 검찰에서까지 똑같은 진술이 이어진다 하더라도 그 증거능력을 상실하게 되어 있습니다."

말을 끝마칠 줄 알았던 대남이 한 차례 목소리를 높였다.

"또한, 체포 적부심사를 통해 그녀가 정말 체포가 필요한 상황에 놓여 있었는지 알아봐야 합니다. 막연하게 그녀의 목격 진술과 다량의 회칼로 인해 상부의 압박을 당하던 검경이 가짜 범인을 만든 것이 아닌지 말입니다."

나 교수는 속으로 감탄했다. 일개 법학도, 그것도 대학교 일학년생이 단시간 내에 짜낸 법률적 방어 수단으로 치기에는 그 완성도가 상당히 높았기 때문이다. 아마 현재 사법연수원에 있는 연수생을 대상으로 한다 하더라도 이렇게 짧은 시간 내에 완벽한 대답을 내놓기는 힘들 것이다.

이윽고 나 교수의 얼굴에 희열감이 차올랐다.

"자네의 말대로 그녀가 그렇게 방어 수단을 취했다면 1심 판결에서 어떠한 결론이 내려졌을 거 같나."

대남은 나 교수의 말에 한참 고민을 거듭하다 입을 열었다.

"피의자 신문조서의 경우 형법 제309조에 의거해 증거능력을 상실하고, 다량의 회칼 또한 앞선 여러 가지 판례를 참고해 보았을 때 증거능력을 상실할 가능성이 높습니다. 결국 甲이 검경에서 자백 진술을 했더라도 1심 판결에서는 무죄가 선고됐을 겁니다. 만약 甲이 진범이라면 희대의 살인마가 검경을 조롱한 채 법의 심판 망을 피해 나가는 것이 될 테고, 甲이 검경의 압박에 못 이겨 누명을 쓴 억울하고 가냘픈 여인이었다면…… 상상도 하기 싫은 일이군요."

나 교수가 낸 문제는 많은 생각을 거듭하게 하는 문제였다. 실제로 검경의 수사 방법이 어떤 강도로 진행됐는지 알 수 있는 방법이 없었기에 청주여자교도소에 수감 중인 그녀가 진범인지, 아닌지 의아해지는 순간이었다.

형소법 강의가 끝이 나고 대남은 또다시 나 교수의 호출을 받았다.

"자네, 아직도 법조인이 될 생각이 없나."

나 교수는 아무래도 대남의 재능이 아까운지 재차 물었다. 자리에 앉아 있던 대남이 대답을 하기도 전에 나 교수는 다시 말을 이었다.

"아직 대학교 일 학년인 자네한테 이런 말을 하기 뭣하지만, 사법시험을 통과하고 검찰에 들어가기만 한다면 내가 굴지의 대기업들과 연결점을 지어줄 수도 있네. 법조계는 철저한 기수제로 움직이지만 그것보다 더한 게 학연과 후원자일세. 현재 법조계에 한국대학교 법학과 출신들이 어떤 영향을 끼치고 있는지 아는가."

대남은 고개를 저어 보였다. 그 모습을 바라보던 나 교수가 흡족한 미소를 지어 보이며 말을 했다.

"각 부처의 여덟 개의 검사장 자리를 비롯해서 공안 부서와 중수부 쪽은 꽉 휘어잡고 있지. 한마디로 지금 검찰은 한국대학교 출신들에 의해서 움직이고 있다고 해도 과언이 아니야. 난 자네가 새로운 바람이 될 수 있다고 생각하네. 굳이 검찰이 아니더라도 정계로 나가기도 그림이 좋지 않은가. 사법시험 통과야 이런 말을 해서 뭣하지만, 자네 정도면 힘든 일이 아닐 텐데. 부와 명예, 그리고 권력까지 거머쥘 수 있는 직업은 그리 많지 않네."

마치 검찰청과 대기업의 브로커 역할을 하는 교두보를 나 교수가 맡은 듯했다. 대남은 나 교수의 제안이 비단 자신에게만 국한되어 있는 것이라고는 생각하지 않았다. 아무래도 사법시험을 붙었거나, 붙을 만한 유망주들을 미리 세뇌를 시키고 있는 것이나 마찬가지였다. 형제가 서울고검장의 자리에 있다고 하니 이해가 안 되는 일도 아니었다.

"저는 지금으로선 부가 필요 없습니다. 그리고 명예와 권력은 굳이 검사가 아니라고 할지라도 충분히 얻어낼 자신이 있습니다."

대남의 단호한 어투에 나 교수가 눈을 게슴츠레 떴다. 무테안경 사이로 비치는 그 눈길은 분명 호의가 담긴 애정의 눈길이 아니었다.

"아직 금전 감각이 없는 대학생이라 세상을 살아감에 있어 돈이 얼마나 필요한 것인지 체감이 되지 않는 것이겠지. 쯔쯧."

결국 나 교수는 대남을 향해 혀를 찼다. 대남은 법학의 진리를 추구하는 학자인 줄 알았던 노교수가 알고 보니 아전인수(我田引水) 격의 인성으로 물들어 있는 무늬만 교수라는 사실에 치가 떨렸다.

일전의 김익한 부장검사 일을 통해 나 교수가 깨끗하지 못한 인물이라고 짐작은 하고 있었지만 실제로 마주하니 기분이 더러웠다.

대남은 그런 나 교수를 바라보다 때마침 테이블 위를 차지한 경제 주간지를 집어 들었다.

"이거 한번 보시죠."

나 교수는 대남이 갑작스레 건넨 경제 주간지를 받아 들었다. 오전 강의 때문에 주간지를 제대로 살펴보지 못한 터라 나 교수는 의문의 눈초리로 기사를 훑어 내려갔다. 이윽고 기사를 훑던 나 교수의 두 눈동자가 화등잔만 하게 커졌다.

[증권가를 떠들썩하게 만든 신성, 그 정체가 밝혀지다.]

[증권가는 두 달 전 홀연히 등장한 신성(新星)에 그 이목이 집중되고 있었다. 태평양의 넘실거리는 파도만큼이나 그 존재감이 압도적인 신성의 등장은 두 달 전으로 거슬러 올라간다.

초단타 매매가 활개를 치던 증권가에 미래를 보는 듯한 혜안으로 수십억 원의 차익을 남겨낸 일반 투자자가 화제가 되었다.

한데 그의 행보는 거기서 그치지 않고 올해 개설된 선물거래소에서도 압도적인 투자 실력을 발휘해 발군의 투자율을 선보였다. 마치 상장 기업들의 미래 동향을 읽은 듯한 그의 행보에 증권가는 입을 다물지 못했다.

증권가의 풍문에 의하면 그가 두 달여 만에 벌어들인 수익이 오십억 원에 육박할 것이라는 예견이다.

항간에는 그를 두고 '목포의 백고래'다 '마산의 불개미'다, 라는 소문이 감돌았지만 주간N경제에서 실제로 '신성'을 만나본바 그는 서울 소재의 대학교에 재학 중인 대학생이었다.

실명을 공개해도 된다는 허락하에 그의 이름을 밝히자면 金大男(김대남), 올해로 성년이 된 천재 법학도였다.

-주간N경제 기자 김광섭-]

나 교수는 기사를 읽어 내려가면서 믿기지 않는 듯한 눈동자로 대남을 바라봤다. 혹여나 동명이인이 아닐까라는 생각이 불현듯 머릿속을 스쳐 지나갔다. 대남은 그런 나 교수의 의중을 읽었는지 고개를 저어 보이며 입을 열었다.

"접니다."

- 2장 -

금양출판

"접니다."

나 교수는 대남의 말에 두 눈을 부릅떴다. 손에 들린 경제주간지와 대남을 번갈아 바라보던 나 교수가 이윽고 한숨을 몰아쉬며 입을 뗐다.

"자네, 원래부터 이 길이 아니었군."

법학도로서 뛰어난 재능은 인정하나, 지금 당장 대남의 법률 지식으로 수십억 원에 달하는 거액을 벌어보라면 못할 것이 자명했다.

실물경제시대가 지나가고, 금융자산이 각광받는 시대가 도래한 만큼 발군의 증권 지식은 강력한 무기의 수단이 되었다.

"참으로 신기하단 말이야. 법률 지식은 또래의 누구와도 비교할 수 없을 정도로 뛰어나고, 현물에 대한 감각이 떨어질 거라는 예상과는 달리 그 실체가 증권가를 아우르는 적토마였다니……. 조금 전에 내가 한 말에 대해서는 사과를 함세."

조금 전 대남을 향해 분노를 쏟아내며 혀를 찼던 나 교수가 태도를 바꾸었다.

"강의 시간에 내가 말했던 의정부 살인 사건을 기억하나."

"네."

"내가 그 문제를 학생들에게 낸 저의가 무엇이라 생각하나."

나 교수의 물음에 대남은 잠시 뜸을 들였다. 삼 년 전 세간을 떠들썩하게 만들었던 의정부 사건을 왜 꼬아서 문제를 낸 것일까. 그 해답은 멀지 않은 곳에 있었다.

"범인이 아닌 용의자를 진범으로, 진범을 무죄로 만들 수 있는 역량을 알아보기 위함이 아닙니까?

대남의 말에 나 교수가 흡족한 듯 크게 미소를 지어 보였다. 매년 형소법을 수강하는 법학도들을 대상으로 여러 가지 갈래의 문제를 내었지만, 여태껏 그 저의를 꿰뚫어 보는 학생은 없었다.

"막무가내로 범인을 만들어버리는 시대는 지나갔네. 법의 허점을 이용해서 사건을 재구성할 수 있는 검사만이 진급할 수 있는 시대이지. 그런 점에서 자네의 법률 지식은 법학도들 사이에선 타의 추종을 불허할 만큼 뛰어나네. 검사뿐만 아니라, 변호사로서의 시점까지도 가지고 있지 아니한가."

군부 정권의 잔재를 혐오하는 대중의 입맛에 맞추기 위해서는 검찰에서도 더 이상 막무가내로 수사를 자행할 수 없었다. 외관상 법의 테두리 안에서 수사를 진행해야만 언론에도 좋게 비출 수 있었다.

"하물며 그뿐인가, 자네의 금융 지식은 이미 증권가에서도 인정할 만큼 뛰어나네. 오십억 원이 지금 당장에야 엄청난 금액이지만 십 년 뒤에도 그러할까. 자네는 작금의 신군부 정권이 얼마나 이어질 것 같은가. 세상은 민주주의를 성립했다고 외치고 있지만 실질적으로 아직까진 5공화국이 이어지고 있는 것이나 마찬가지일세. 내 장담하지, 향후 십 년 동안 우리나라는 보수의 손바닥 안에서 놀아날 거야. 악한 법조인이 되라는 것이 아닐세. 그저 시대에 편승한 법조인이 되라는 것이지."

나 교수의 말은 거기서 끝이 아니었다.

"민주주의를 표방하는 야권이라고 괜찮을 것 같은가. 모두 시대의 권력을 사로잡기 위해 당신들의 이권을 위해 움직이는 것이지. 국민을 위하는 정치인은 결단코 없네. 그저 자기네들의 이권과 국민의 소망이 맞물린 것일 뿐일세. 개인주의라는 말처럼 어떠한 단체든 간에 이기주의적인 성격을 가질 수밖에 없어. 자네는 그 점을 기억해야 할 것이야."

간곡한 어투로 나를 설득하는 나 교수를 바라보며 대남은 생각했다. 동악상조(同惡相助)라는 말이 있다. 악인도 악을 이루기 위해 서로를 돕는다는 말이다.

어떻게 보면 나 교수는 자신들이 여태껏 이뤄놓은 검찰이라는 거대한 세력을 더욱 견고히 만들고자 감언이설로 법학도들을 현혹하고 있는지 몰랐다.

나 교수의 말에 현혹된 법조인들은 자신이 악인이라고 생각하기보다 나 교수의 생각처럼 시대에 편승한 법조인이라는 자부심을 품은 채 살아갈 것이다. 대남은 자리에서 일어나며 나 교수를 향해 입을 열었다.

"교수님. 사회단체 내란 사건, 김한율 열사 자살 사건, 무장간첩 투입 사건. 전부 검찰에서 조작으로 만들어낸 기소 사건 아닙니까. 전 그런 간악한 짓을 할 재주가 없습니다. 어둠은 세상의 빛을 전부 집어삼켜야 그 존재를 영위하지만, 빛은 단 한 점만 있더라도 온 세상을 비춘다는 말이 있습니다. 겨우 십 년이라는 세월은 제 미래를 걸기에는 아깝지 않겠습니까."

이윽고 멀어지는 대남의 뒷모습을 나 교수가 허망한 눈동자로 좇았다.

대남은 신성(新星)이라 불릴 정도로 증권가를 떠들썩하게 만

들었다. 더군다나 金大男(김대남)이라는 실명이 경제 주간지에 실렸던 터라, 자잘한 신상 명세가 털리는 속도는 상상을 초월했다.

그 시각, 금양출판의 사장실에서 조간신문을 읽어나가던 아버지가 대남의 이름이 담긴 기사에 놀라 자리에서 벌떡 일어났다.

"이게 도대체가 어떻게……."

아버지는 곧장 성북동으로 전화를 걸어 대남을 호출했다.

모처럼 주말을 맞이해 집에 있던 대남은 아버지의 호출에 곧바로 금양출판으로 달려왔다. 아버지의 황당함이 묻어 나오는 표정을 보고 대남은 먼저 입을 열었다.

"조만간에 말씀드리려고 했는데, 기사가 먼저 나왔네요. 보신 내용 그대로에요."

"……."

"초기 투자금은 아버지가 '목스 녹스' 판권에서 나오는 저작권료를 제 계좌로 입금해 주셨잖아요. 나중에 장가갈 때 결혼자금으로 쓰라고요. 죄송한 일이지만 사실 그 돈을 제 밑천으로 미리 사용했어요."

아버지는 할 말을 잃은 듯했다. 그것도 그럴 것이 신문에 기재된 내용을 살펴보면 대남이 얻어낸 수익이 오십억 원에 육박한다고 했으니 말이다.

대남의 아버지는 반평생 금양출판을 운영한 기업인이었기에 금전의 가치가 얼마나 무거운 것인지 알고 있었다. 하물며 대남은 불과 두 달 만에 저만한 실적을 올렸다. 경이롭다 못해 무섭기까지 한 일이었다.

"대남아, 네놈이 학력고사에서 전국 수석을 했을 때도 이렇게 놀라지는 않았다. 놀랍다 못해 당황스럽기까지 하지만 아비로서 해줄 수 있는 말은 이 말밖에 없구나. 돈의 무거움을 알고 신중히 사용해라. 그 돈은 전부 다 네 것이니 아무리 믿는 사람이라고 할지라도 한 톨 나눠 주지 말거라."

아버지는 일전의 경험을 통해 자신을 반성하는 듯한 말씀을 하셨다. 대남 또한 아버지의 그런 의중을 모르는 바가 아니었기에 고개를 끄덕여 보였다.

"아버지, 사실 미리 말씀드리려고 했는데 저 이제부터 금양출판에서 조금씩 일을 배워볼까 해요."

"……뭐?"

앞날이 창창한 법대생 아들이 갑작스레 출판사에서 일을 배워보겠다고 말하자 아버지는 어안이 벙벙하신 듯했다.

주식으로 오십억 원의 수익을 낸 시점에서 이미 돈을 버는 능력은 자신보다 월등히 뛰어날 터인데, 굳이 법관의 길을 마다하고 출판계로 뛰어들 까닭이 없었기 때문이다.

"출판업이라도 배워보겠다는 거냐. 출판이 그리 만만히 볼

일이 아니야. 너는 이제 앞으로 법조계로 나가도 되고 아니면 금융 쪽 일을 해도 승승장구를 할 게 아니냐. 괜히 사업에 손을 대어봤자 좋을 것 없다."

아버지는 당신의 아들이 법관이 되는 모습이 보고 싶었다. 격동의 시대에서 금양출판을 꾸려왔던 아버지로서는 사업이 가지는 리스크가 얼마나 큰지 뼈저리게 경험해 왔기에 아들이 같은 일을 하는 것을 원치 않았다.

차라리 법조인이 되어 사람들의 존경을 받아가며 살아가는 것이 나을 터. 하지만 대남은 그런 아버지의 말에도 대수롭지 않게 말했다.

"곧 있으면 방학이잖아요. 겸사겸사 배워보겠다는 거예요. 굳이 한 우물만 계속 팔 필요가 있나요. 기회가 된다면 여러 가지 일을 두루 접해보는 게 청춘이 가질 수 있는 유일한 권리 아니겠습니까."

대남은 알 수 없는 노인의 유언을 통해서 들었던 미래의 기업 동향에 관한 지식을 거의 다 소모했다. 유언의 내용에 따라 상장 기업들에 투자를 감행하니 원금 포함 육십억 원이라는 거금이 손아귀에 들어왔다.

아버지는 대남의 말을 듣고는 포기한 듯 출판업계의 현황에 대해 토로하기 시작했다.

"출판업을 배우다 보면 아집(我執)에 사로잡힌 사람들을 많이 보게 되지. 대부분의 작가가 자신이 준비고 있는 작품이 성공할 거라는 막연한 기대감을 품고 있거든. 더군다나 유명 작가를 섭외하기란 쉽지 않아. 편집자로서 기술력이 뛰어나다고 할지라도 유명 작가로서는 편집자를 맹목적으로 신뢰하기가 힘드니까."

아버지는 잠깐 고개를 주억거리고는 말을 이었다.

"그래서 대부분이 신인 작가를 발굴해 같이 커 나가는 방식을 택하지. 그나마 출판사 입장에서는 아집이 없는 신인 작가들이 통제하기 쉬우니 말이야. 요즘 들어 신춘문예 당선작이 뜸해진 이유가 거기 있기도 해. 신춘문예에서 충분히 등단할 법한 신인 작가를 출판사에서 먼저 채 가는 경우가 많으니."

아버지의 말처럼 출판 탄압으로 인해 출판 시장이 불황에 접어들었다고는 하지만, 실력 있는 신인 작가에 대한 관심도는 더욱 커져 가고 있는 중이다.

그 중심에는 금양출판에서 출간한 <고난의 시대>와 <목스 녹스:Mox Nox>가 있었다. 두 작품 다 신인 작가의 작품이었지만 불황인 시장에서 공전의 홍행을 기록하며 출판 시장에 새로운 바람을 불러일으켰다.

'대중적인 작품이 인기가 있는 것이 아니라, 인기가 있는 작품이 대중적인 것이다'라는 출판업계의 격언을 되새기게 하는 사건이 아닐 수 없었다. 하지만 그 이면에 대남이 존재한다는 것을 아는 사람은 극히 적었다.

"사업을 하면서 겪는 인간관계에 대한 부분은 내 입장으로서는 할 말이 없구나. 그저 맹목적으로 사람을 믿지 말라는 것밖에 말이다."

앞서 믿는 도끼에 발등을 찍혀본 아버지로서는 사람 관계에 대해서는 적잖이 회의감이 들었다.

"그런데 대남아, 네 꿈이 출판인이었냐. 난 네놈이 대학 입학 전날까지도 법학 서적을 품에 끼고 있기에 법조인이 될 줄 알았는데 말이다."

"출판인이 될 생각이라기보다는 기업의 실무와 경영에 관해서 체감해 보고 싶어서요. 출판업에 관한 전문적인 내용은 아버지가 곁에서 도와주시면 되니까요."

만류귀종이라고 했다. 창업을 한다면 수많은 업종이 있지만, 대남은 일단 가장 지척에 있는 출판업계부터 경험을 해보고 싶었다. 출판 탄압에 대한 궐기대회가 연일 이어지고, 정부에서 행해지는 인신 구속과 문학인에 대한 괄시가 지속되는 지금이 가장 적기라고 생각했다. 출판 탄압으로 인해 가장 밑바닥을 치고 있는 시장에서 머지않아 찾아올 황금기를 맞이하는 그 순간까지 모든 것을 경험할 수 있었기 때문이다.

"그래, 그 아까운 재능을 썩히는 것도 어떻게 보면 죄가 되겠지……."

아버지는 당신의 아들이 얼마나 뛰어난 인재인지 알고 있었다. 비단 법학도로서가 아니라 경영 계열에서도 두각을 드러낼 것이라 믿어 의심치 않았다. 그리고 증권가에서는 이미 자신의 입지를 혁혁히 세웠지 않은가.

"아버지, 부탁이 있습니다."

"무슨 부탁?"

"작년 겨울쯤에 제가 학력고사 전국 수석을 하면 소원을 들어주신다고 하셨죠."

"암, 그랬지."

아들을 방학 동안 어느 부서의 신입 사원으로 배치시킬까 고민하던 아버지의 귓가로 대남의 목소리가 날아들었다.

"저한테 금양출판을 파시죠."

- 3장 -

전설의 작가

"……."

아버지는 당신의 아들을 믿어 의심치 않았다. 과거에 태어났으면 능히 간성지재(干城之材)의 자질로 나라를 이롭게 할 대단한 위인이 되었을 것이라 생각했다. 하지만 영민한 두뇌와는 다르게 연륜은 선천적으로 얻을 수 있는 것이 아니었다.

"지금의 금양출판이 있기까지 대남이 네 공을 잊지는 않았다."

금양출판이 경영난에 시달릴 때쯤, 대남이 공수해 온 두 작품이 연이어 대박을 터뜨렸다. 가뭄의 단비만큼이나 달콤한 흥행 기록이 금양출판을 구원했다.

"하지만 지금 당장 네가 금양출판을 운영하기란 요원하지. 경험도 일천할뿐더러 출판업에 관해서는 무지나 다름없지 않느냐. 네 안목을 모르는 것은 아니나, 이 아비가 도와준다고는 해도 기초가 없는 상태에서는 금방 한계에 다다를 것이야."

아기가 걸음마를 떼는 것을 지켜보듯, 대남의 첫 사회 진출에 아버지는 촉각을 곤두세울 수밖에 없었다.

"만약 네가 출판업에 관한 기초적인 업무부터 시작해서 기업 운영에 관한 전반적인 사항까지 배워보겠다면 말리지는 않으마. 또한 내가 제안하는 조건을 수락해야만 훗날 금양출판이 온전히 네 것이 될 수가 있을 거다."

"조건이요?"

대남의 물음에 아버지는 입가에 희미한 미소를 띠어 보이며 답했다.

"작가 한 분을 금양출판으로 모셔 오면 된다."

뙤약볕이 내리쬐는 초여름, 대남은 금양출판이 위치한 파주 출판 단지로 향했다.

수많은 출판사가 거리 위에 자리하고 있었다. 출판업계의 황금기를 꿈꾸며 모여들었던 출판인들은 다시금 찾아온 출판 탄압에 허리를 굽히고 한숨을 토할 수밖에 없었다.

이미 폐업을 한 곳도 있었고, 대부분이 허리띠를 졸라매며 생계를 유지 중이었다.

그에 반해 금양출판은 상황이 나은 편이라 할 수 있었다. 앞선 두 작품이 홍행을 기록했기 때문이다. 하지만 달콤한 영광이 언제까지 지속될지는 미지수였다.

현 정권에서 실시한 출판 탄압이 언제 끝날지 몰랐기에 지금의 달콤함이 훗날 빛바랜 추억으로 사그라지지 않을까 두려워하는 기색도 없지 않았다.

"안녕하세요, 김대남입니다."

"반가워요, 석혜영이라고 해요."

대남의 사수로 배정받은 이는 편집부 석혜영 대리였다. 단발머리의 석혜영 대리는 외모만을 놓고 보자면 살갗이 유난히도 하얘, 미모의 여류 작가라 해도 믿을 만한 외모였다.

"대남 씨는 제가 초면일지 모르나, 저는 대남 씨를 출판사에서 여러 번 봤어요. 사장님 아들이라도 실수는 봐드리지는 않아요. 지금 당장 출장을 가야 하니까 어서 짐 챙겨서 따라나와요."

석혜영은 유난히도 대남을 쌀쌀맞게 대했다.

그녀의 업무는 본래 출판 원고의 편집 교정자였지만 작가 섭외 또한 도맡아 했다.

"지금부터 뵈러 가는 작가님은 꽤나 까다로우신 분이셔서 만나주지 않아 헛걸음할 수도 있어요."

혜영의 엄포에 대남은 자못 궁금해졌다. 출근 도장을 찍기도 전에 아침 댓바람부터 찾아봬야 하는 작가님이 도대체 누굴까.

"아주 유명하신 작가님인가 보네요."

"사장님께서 말씀하지 않으셨어요? 이미 말씀하셨다고 하던데."

혜영의 말에 대남은 그제야 깨달았다. 일전에 아버지가 내건 조건인 작가님을 금양출판까지 모셔 오는 일. 아버지는 작가님의 정체는 출판업을 시작하게 되면 자연히 알게 될 것이라 말씀하셨다.

"도착했어요."

출판 단지에서 승용차를 타고 한 시간여를 달려 도착한 곳은 서울 외곽에 자리한 백산마을이었다. 일반인들에게는 달동네라는 이름으로 더욱 알려진 곳이다.

대남과 혜영은 마을 초입에 승용차를 주차한 뒤, 걸음을 옮겼다.

"길이 가파르니까 조심해요. 뒤로 넘어지지 않게."

굽이굽이 올라가는 달동네의 길목은 가팔랐다.

골목 구석구석에는 연탄재가 가득했고, 거미줄처럼 얽힌 전선들이 하늘을 가렸다. 촘촘히 다닥다닥 붙어 있는 집들이 자연스레 층계를 이루고 있었다.

집집마다 비가 새지 말라고 덮개를 덧댄 지붕에, 그것마저도 살 형편이 되지 못해 나무판자를 억새풀로 엮어 올린 집이 대남의 시선을 잡아끌었다.

"다 왔어요. 제가 당부드릴 건 부디 작가님을 뵙고 놀라지 말라는 거예요. 아시겠어요?"

대남은 짧게 고개를 끄덕여 보였다. 가파른 골목길을 삼십여 분 오르고 나서야 작가님의 집 앞에 도착할 수 있었다.

작가님이 계시다는 남루한 가옥은 언제 무너져도 이상하지 않을 만큼 위태위태해 보였고, 만약 굳게 닫힌 녹슨 철문마저 없었다면 폐가라 해도 믿을 지경이었다.

깡. 깡. 깡.

혜영이 녹슨 철문을 두드리자 철문이 기괴한 소리를 토해내며 울렸다. 하지만 대문 너머로의 인기척은 전혀 들리지 않았다.

"일단 앉아요. 작가님이 문을 잘 안 열어주시니까 아마 시간이 꽤 걸릴 거예요."

혜영은 능숙하게 철문 앞에 양반 다리를 한 채로 앉았다.

"여기 자주 와보셨나 봐요."

"반년 가까이 왔으니 자주라면 자주겠네요. 사장님께서도 여러 번 오셨어요."

대남은 고개를 들어 가옥을 바라봤다. 반년 가까이 아버지가 모시고자 하는 작가님의 정체가 도대체 누구일까. 만조 때 바닷물이 차오르듯 궁금증이 머릿속에 팽배하게 차올랐다. 하지만 혜영은 답을 해줄 생각이 없는 듯 조그마한 입술을 다문 채 있었다.

끼리릭.

얼마나 시간이 지났을까. 점심 무렵에야 굳게 닫혀 있던 철문이 열렸다.

"들어오게."

노쇠한 노인의 목소리가 문 너머에서 들려왔다. 거동이 불편한 노인의 뒷모습을 따라 혜영은 걸음을 옮겼다. 멍하니 있던 대남도 혜영의 재촉에 얼른 철문 너머로 걸어 들어갔다.

"차린 건 많이 없지만 잡수게."

낡고 키가 작은 원형 식탁 위에는 이가 빠진 그릇들이 놓여 있었고, 나물과 보리밥이 쌓여 있었다. 간장 종지 위로 놓인 간장이 간을 맞춰주는 유일한 역할을 했다.

노인이 먼저 밥숟갈을 들고 나자, 혜영은 이러한 차림 상을 겪은 적이 한두 번이 아닌 듯 익숙하게 식사를 했다.

점심 식사가 이뤄지는 동안 대화는 일절 없었다. 식사가 끝이 나고 밥숟갈을 내려놓음과 동시에 노인이 먼저 입을 열었다.

"날 왜 찾아왔나. 난 더 이상 글을 쓰지 않는다고 말했을 텐데."

"선생님, 이규화 선생님께서 글을 쓰시지 않는다는 건 대한민국의 순수문학을 후퇴시키는 일입니다. 한 번만 더 재고해 주세요. 후배 문인들뿐만 아니라 대중도 선생님을 기다리고 있을 겁니다."

"……난 이미 한쪽 손이 없네. 그런 내가 무슨 글을 쓸 수 있겠나."

여태껏 왼손잡이인 줄 알았던 노인의 오른팔은 팔목 밑으로 손이 존재하지 않았다. 하지만 대남은 그가 오른손이 없다는 사실보다 '이규화'라는 이름 석 자에 더 충격을 받았다.

'이규화……!'

해방 전후 대한민국 문학계를 대표하는 인물을 말해보라면, 이규화 선생을 빼놓을 수 없을 것이다.

'서울의 낮', '그믐달', '상록의 눈' 등 저명한 순수문학작품을 만들어낸 작가로서 집안 또한 명망 높은 문인 가문으로, 그 유명세가 북쪽의 교과서에도 실렸다고 할 정도다. 한데 이런 쓰러져 가는 가옥에서 여생을 보내고 있었을 줄이야.

"모름지기 작가라 함은 원고에 기재한 활자로 읽는 이의 마음을 움직이고 내 뜻을 한 글자, 한 글자 안에 함축시킬 수 있어야 하는 법인데 난 더 이상 그러지를 못하네. 세상을 등지고 글을 쓰기가 무서워 손을 잘라 버린 겁쟁이가 어떻게 작가라 할 수 있겠는가. 난 그저 늙어가는 촌부일 뿐일세."

노인의 말을 잠자코 듣고 있던 대남이 불쑥 튀어나와 입을 열었다.

"선생님의 명성은 아직도 빛바래지 않았습니다. 후배 문인들뿐만 아니라 출판인들 사이에서도 항상 선생님의 행방을 찾는 말들이 많았습니다. 한데 이런 외지에 숨어 계시다니요. 선생님은 이곳에서 이런 취급을 받아가며 여생을 보내실 분이 아닙니다."

노인, 이규화 선생은 자신을 향해 울분을 토하듯 말하는 대남을 지그시 바라봤다.

"내 명성은 빛바래지 않았을지 모르나 작가라는 무거운 직함을 유지하기에는 내가 너무도 멀리 도망쳐 버렸는지도 모르겠군. 난 사람들의 존경을 받을 만한 문인이 아닐세. 평생을 속죄하며 살아가야 할 죄인일세."

이규화 선생의 눈동자 속엔 그리움이 가득했다.

많은 뜻을 품은 그리움은 대남을 향한 것이 아니었다. 오랜 세월이 지나 이제는 영영 닿을 수 없는 저편에 그리움이 향해 있었다.

한국전쟁 직후 문화·예술계는 그들만의 부흥기를 맞이했다

해도 과언이 아니었다. 대부분의 사람들이 궁핍하고 가난한 삶을 영위했지만, 예술가들만큼은 그 고달픔을 작품으로 승화시켰다.

굶주린 대중에게 그들의 작품은 한 떨기 국화가 되어 위안을 주고, 슬픔을 달래주었다.

"규화, 오늘도 네 작품이 가장 많이 팔렸다며?"

동료 작가, 김민철이 이규화를 질투 어린 표정으로 바라봤다. 시샘에서 비롯된 것이 아닌 재능의 차이에서 느껴지는 감정 때문일 것이다.

"규화, 이 자식. 나랑 함께 계집질을 그렇게 많이 하는 데도 어떻게 그렇게 글을 잘 쓴다냐. 정말 재능이란 게 있기는 한가 보다. 규화 네 아버지가 북쪽에서 유명한 시인이시라며."

"아서라, 그런 말 하다가 쥐도 새도 모르게 잡혀갈 수 있으니."

이규화는 동료 작가들의 말을 대수롭지 않게 웃으며 받아내었다. 그는 유연한 성정과 수려한 외모 덕에 서울 전역에서 가장 인기 있는 문인이라 할 수 있었다.

이미 저명한 작품을 여럿 집필했기에 약관이 넘은 나이에 그 명성은 문단에서 견줄 자가 없을 정도였다.

하지만 자유로이 집필 활동을 펼치던 그들의 봄날은 오래가지 않았다.

1970년대 유신 정권이 뿌리를 내린 뒤로, 문화·예술계에 대한 전반적인 탄압이 시작되었다. 당시 불혹의 나이를 넘겼던 이규화는 문인 중 가장 먼저 고초를 겪었다.

북에 계신 아버지가 북한 공산당의 일원이었으며, 공산주의를 옹호하는 시인으로 활동했다는 이력 때문이었다.

"도대체 나한테 왜 이러는 것이요! 당신들은 후대에 남겨질 역사가 부끄럽지도 않소!"

이규화는 용기를 내어 소리쳤지만, 돌아오는 것은 고된 매질이었다.

"네놈과 같이 공조하는 작가들의 이름을 대라. 순순히 말한다면 네가 여기서 실토했다는 사실은 비밀에 부쳐 주지."

"당신네들의 입맛에 맞추어 세상을 조종한다고 해서 쉽사리 바뀔 세상이 아니오."

"그래, 언제까지 그 절개가 이어지는가 보겠네, 이 선생."

그들은 잠을 못 자게 하는 고문은 기본이요, 손톱을 도려내고 전류를 흐르게 하여 혈관을 터뜨리는 잔악무도한 짓을 서슴지 않았다. 그때가 되어서야 이규화는 이들의 목적이 자신의 실토가 아닌 죽음이라는 사실을 깨달았다.

39일. 한 달하고도 일주일이 넘게 이규화는 이름 모를 지하실에 감금되어 있었다. 이미 그의 몰골은 피부가 찢기고 손톱과 발톱은 전부 빠져 없었으며, 안색은 창백하다 못해 거무죽죽한 게 죽지 않은 것이 신기할 정도였다.

"이 선생, 이렇게 오래 버텨봐야 당신만 힘들어. 그만 실토하시오. 지금 문단을 휘어잡고 있는 인물들로 다섯 명 정도만 말해주면 돼. 없으면 만들어내는 게 그렇게 힘든 일도 아니잖아."

"제, 제발, 부탁이오……."

"아니면 죽든가."

거듭된 육체의 고통은 혼백을 빼놓게 했다. 이지를 상실케 한 고문의 연속이었지만 두려움마저 없애지는 못했다. 오히려 시간이 지속될수록 고문에 대한 공포는 점점 커져만 갔다.

그들이 휘두른 쇠붙이가 피부에 닿았다. 금속의 차가움과 동시에 극렬한 고통이 밀려들었다.

"불, 불겠소……. 김민철…… 이수열, 유영선…… 민혁신, 김산……."

"이 선생, 생각보다 오래 걸렸어. 그리고 자네가 실토했다는 사실은 약속대로 비밀에 부쳐 주지. 봐봐, 이렇게 말하니까 온전하게 살 수도 있고 얼마나 좋아."

끊어질 듯한 음성으로 이규화는 거짓 자백을 했다. 육체의 고통에 못 이겨 제정신이 아니었지만 분명 자신이 내뱉은 말이었다.

조서 작성을 마치고, 이규화는 이름 모를 지하실에서 다리를 절뚝이며 빠져나올 수 있었다.

지하실에서 빠져나오자 눈부신 햇살이 눈을 쉽사리 못 뜨게 했다. 이윽고 점차 세상이 보이자 이규화는 알 수 있었다.

당신의 육체는 살았을지 모르나 정신은 그날, 지하실에서 죽었다는 사실을.

- 4장 -

감정의 고리

노을이 스미는 달동네의 저녁은 집집마다 작은 굴뚝에서 나오는 연기로 안갯속의 새벽녘 같은 느낌을 주었다. 신발 앞에 닿아 있는 돌멩이를 차보니, 비탈길을 따라 끝없이도 굴러떨어진다.

그만큼 이규화 선생의 남루한 가옥은 달동네에서도 가장 위에 자리했다.

"선생님은 도대체 언제부터 이곳에서 생활하신 겁니까."

대남은 혜영을 바라보며 물었다. 한때 대한민국 문단을 대표했던 원로가 초야에 묻힌 노인처럼 달동네 정상의 허물어져 가는 집 속에 숨어 있었다니, 믿기지 않았다.

"언제부터 이곳에 계셨는지는 저희도 잘 몰라요. 기회가 닿아서 우연히 선생님을 찾기는 했지만, 마음을 돌리는 게 쉽지가 않네요."

"손은 도대체 왜 저렇게 되신 거랍니까."

"……들리는 말로는 본인이 스스로 잘라내셨다고 해요."

혜영의 말에 대남은 충격을 금치 못했다. 작가가 본인의 손을 스스로 잘라 냈다라, 어떤 감정이 자학의 기폭제가 되었는지 감히 상상조차 가지 않았다.

대남과 혜영은 서로 약속이라도 한 듯 침묵을 지키며 달동네를 내려갔다.

그날 이후 대남의 머릿속을 차지한 건 이규화 선생이었다.

"선생님을 만나 뵈니까…… 설득할 수 있겠더냐."

"……."

아버지의 물음에 대남은 선불리 대답할 수가 없었다. 알아본 바에 의하면 이규화 선생은 1973년 이후로 문단에서 종적을 감추었다.

항간에는 그가 아버지가 계신 북으로 월북했다는 소문도 있었으며, 작품을 집필하다 충동적으로 자살을 감행했다는 이야기도 있었다.

"수십 년간 얽히고설킨 감정의 고리를 감히 제가 어떻게 풀어낼 수 있겠습니까. 아버지께서는 아시는 게 하나도 없으신 겁니까."

아버지는 짐짓 고개를 주억거리고는 입을 열었다.

"금양출판에서 선생님을 찾은 것도 불과 오 년밖에 되지 않았지. 선생님께서는 이규화라는 이름이 아닌 김민철이라는 이름으로 생활을 하고 계셨어. 세상에 자신의 존재가 밝혀지는 것을 극도로 꺼리셔서 우리도 어떻게 할 수가 없었단다."

아버지 또한 이규화 선생이 왜 감정의 문을 굳게 닫은 것인지 이유를 몰랐다.

한 시대를 풍미했던 문인이, 이제는 유령이나 다름없는 모습으로 당신의 이름마저 버린 채 죽어가고 있는 모습이 안타까웠다.

그 순간, 대남의 눈앞이 암전되었다.

초능력을 형상화하는 블랙홀의 데이터가 기록을 재편집해 영상으로 송출하기 시작했다. 대남의 머릿속에는 마치 과거의 편린들이 떠오르듯, 기억이 스며들었다.

"이 선생, 우리 힘 빼지 말자고. 아까 진술한 것처럼 여기 조서에 이름 다섯 개만 적어 넣으면 돼."

책상을 마주한 채로 두 명의 남자가 앉아 있다. 입가에서 한기가 서려 나오는 추운 날씨였다. 그런데 한 명은 두꺼운 점퍼를 입은 채 입가에 비릿한 미소를 품은 것에 반해 나머지 한 명은 실오라기 하나 없는 알몸 상태였다.

대남은 그를 보자마자 단번에 누구인지 알아봤다. 피골이 상접하고 온몸에 시퍼런 멍 자국과 생채기가 가득했지만, 그는 분명 젊은 날의 이규화 선생이었다.

"……이곳에 내 친구들 이름을 적으면 그들은 어떻게 되는 것이오……."

"아무래도 당신과 똑같은 일을 당하겠지. 만약 이 선생, 당신이 그들의 이름을 적지 않는다면……."

이규화 선생이 떨리는 목소리로 물었지만 비릿한 미소를 품은 남자는 오히려 쇠붙이를 잡은 손아귀에 힘을 가득 준 채 반문했다.

"당신이 죽는 거겠지. 당신이 죽길 원한다면 이름을 쓰지 않아도 상관없소. 다만 쉽게 죽을 생각은 하지 말고. 먹물깨나 먹은 이들 사이에선 이런 말이 유행이라고 하더군. '내 인생은 내가 결정한다'라고. 자, 당신의 인생을 선택해 보시오."

남성은 지금의 상황을 즐기는 듯했다. 고문 앞에 사그라지는 인간의 본성이 그의 말초신경을 자극하고, 오히려 맞은편에 앉은 이규화가 끝까지 반항했으면 하는 게 남자의 속내 같았다.

"……."

이규화는 한동안 말문을 이을 수가 없었다. 자신이 겪었던 고문들은 인간으로서는 견디기 힘든 것들이었다. 이규화가 뜸을 들이자 남자가 입가에 미소를 지으며 문을 두드렸다. 그러자 기다렸다는 듯이 문 너머로 사내들이 걸어 들어왔다.

"대답을 들은 거로 하고, 그럼 다시 시작하지. 이번에는 꽤 아플 거야, 이 선생."

"자, 잠깐만 기다려 주시오……!"

지이잉-

전류기가 예열을 하는 소리를 듣자마자, 이규화는 몸을 움츠렸다.

쇠붙이의 차가움과 송곳의 날카로움. 온몸을 타고 흐르는 전류는 다시는 생각하기도 싫은 고통과 공포의 연속이었다. 이윽고 손톱이 하나도 남지 않은 메마른 오른손이 볼펜을 휘어잡았다.

'도대체가 이게 무슨.'

그 상황을 지켜보고 있던 대남은 말을 이을 수가 없었다.

곧이어 장면이 전환되었다. 이번에는 이름 모를 지하실이 아닌, 햇볕이 스며드는 자그마한 골방이었다.

소주병이 널브러져 있고 그 가운데, 이규화 선생이 대자로 누워 있다. 천장을 마주 보며 누워 있는 탓에 허공에 떠 있던 대남과 마치 시선이 교차하는 듯한 느낌이 들었다.

"김민철, 이수열, 유영선, 민혁신, 김산……."

다섯 명의 이름을 나직이 말하던 이규화는 일순 웃음을 토해냈다. 기쁨에서 나오는 웃음이 아닌 슬픔에서 비롯된 자조 섞인 웃음이었다.

"한평생을 함께 문단에서 살았고, 한 줌의 흙으로 사라지는 그날까지 함께 글을 쓰자고 마음먹었건만, 한낱 고통에 못 이겨 목숨 같은 친구들을 팔아버린 꼴이라. 차라리 그날 죽었어야 했는데……."

이규화는 자신으로서 끝날 수 있었던 고통을 친구들에게까지 전가한 것 같아 마음이 쓰리고 아팠다. 하지만 그가 모르는 것이 있었다. 만약 이규화가 실토를 하지 않고 죽음을 맞이했더라도, 문인들은 차례로 지하실로 끌려갔을 것이라는 사실을.

"죄는 미워하되, 사람은 미워하지 말라. 말도 되지 않는 역설이군……. 죄가 무슨 잘못이 있는가, 잘못은 사람이 저지르는 것인데."

이규화는 그렇게 읊조리며 자리에서 일어났다.

비틀거리는 걸음으로 주방까지 걸어간 그가 찾아온 것은 커다란 중식도였다.

"내 지금 비록 용기가 없어 이 오른손만 보내지만, 여생을 속죄하며 살아가겠네. 나를 용서하지 말게나."

먼 곳을 응시하던 이규화가 중식도를 휘어잡고 있던 왼손을 추켜올려 곧장 오른손목을 내려찍었다.

살점이 튀고, 속살 아래로 허여멀건 뼛조각이 부서져 내려갔다. 피가 진득하게 방바닥을 가득 메울 때쯤, 세상이 다시 좌우 반전되었다.

"읍!"

대남은 자리에서 일어나 화장실로 뛰어갔다. 변기를 부여잡고 속을 몇 번이나 게워낸 뒤에야 정신을 차릴 수가 있었다.

"괜찮냐, 대남아!"

"……네, 아까 점심 먹은 게 속에서 좀 잘못됐나 봐요."

화장실 너머에서 들려오는 아버지의 물음에 대남은 겨우 힘을 내어 대답했다.

대남은 화장실 바닥에 그대로 앉은 채 좀 전에 겪었던 상황을 되짚어보았다.

1970년대, 유신 정권의 뿌리가 내려졌고 수많은 탄압이 자행되었던 시대이다. 남영동 사건을 보아서 알 수 있듯이, 과거에는 그보다 더 심한 인권유린들이 자행되었다.

'김민철, 이수열, 유영선, 민혁신, 김산.'

대남은 이규화 선생이 자백한 다섯 명 문인의 이름을 기억해 냈다.

한 달 후.

대남은 다시 백산마을 찾았다. 이번에는 사수인 석혜영과 동행한 것이 아니라 홀로 온 것이었다. 가파른 골목길 사이로 촘촘히 집들이 자리한 달동네는 여전히 변함이 없었다. 이전과 같이 삼십여 분 동안이나 굽이굽이 비탈길을 오르고 나서야 녹슨 철문과 마주할 수 있었다.

캉. 캉. 캉.

철문이 기괴한 비명을 지르고 한참이 지나서야 문이 열렸다. 이규화 선생은 문밖 너머로 대남밖에 없다는 사실에 의아한 듯했지만 별다른 반응을 보이지는 않았다.

"들어오게."

거동이 불편한 이규화 선생의 뒤를 따라 대남은 걸음을 옮겼다. 식사 시간이 지난 뒤라, 이규화 선생은 간단한 차를 내어 오는 것으로 대남을 대접했다.

"자네는 오늘 왜 왔는가."

"선생님을 설득하고자 왔습니다. 일전에도 말씀드렸듯이 선생님께서 초야에 묻힌 듯 이 달동네에서 여생을 보내고 계신 것을 문단에서 알면 통탄할 노릇입니다."

대남의 말에 선생은 한참을 고민하는가 싶더니 이내 고개를 절레절레 저어 보이고는 입을 열었다.

"통탄이라, 자네는 진실을 모르네. 진실을 알게 된다면 내가 이곳에 있다는 사실을 슬퍼할 것이 아니라 손가락질할걸세. 왜 아직도 이 세상에 버젓이 남아 있느냐고 말이야. 현시대의 문학이 탄압을 당하고 날개를 펴지 못하게 된 데에는 나도 적잖은 영향을 끼쳤으니. 지금 난 숨어 있는 게 아닐세. 용서를 구하고 있는 중이지……."

선생의 목소리에는 슬픔이 가득했다. 담담히 말하는 듯했지만, 그 속에 함축된 수많은 감정의 연속을 어찌 대남이 모를 수 있을까. 초능력을 통해 스며든 기억 속엔 대남으로서는 상상할 수 없는 후회와 고통의 나날이 연속되어 있었다.

"본인의 이름을 버리고 동료 문인, 김민철 선생의 이름으로 살아온 것도 그 때문입니까."

"……."

"김민철, 이수열, 유영선, 민혁신, 김산. 제가 말씀드린 선생님들은 대부분이 현재 작고하시어 세상에 안 계십니다."

"잠, 잠깐, 대부분이라니……. 아직까지 살아 있는 사람이 있다는 말인가?"

불법 구금과 함께 행해진 고문으로 수많은 문인이 죽어 나갔다. 그중 위 다섯 명은 이규화 선생 다음으로 고초를 겪었던 인물들이다.

당시 문단에서 가장 명성이 높았던 문인들이기에 그 탄압과 고문의 강도는 상상을 초월했고, 대부분이 고된 고문의 후유증으로 몇 년을 살지 못하고 유명을 달리했다.

"누가 아직도 살아 있다는 말인가. 나는 그들에게 차마 씻을 수 없는 죄를 지었네."

끼리릭.

선생의 급박한 물음과 동시에 녹슨 철문이 열렸다. 대남과 선생의 눈동자가 일제히 철문 너머로 향했다. 그리고 그곳에는 뒤늦게 나타난 석혜영이 있었다.

"선생님, 이리로 오시죠."

석혜영은 혼자가 아닌 듯, 또 다른 누군가에게 존칭하며 부축을 하고 있었다.

곧이어 나머지 한 사람의 모습이 완전히 드러났다.

대남은 아무 말도 하지 않았다. 혜영의 부축을 받으며 철문 너머로 걸어 들어온 노인은 검버섯이 피고 얼굴에는 세월의 흔적이 가득했다.

하지만 이규화 선생은 그를 보자마자 단번에 알아볼 수 있었다. 한국전쟁 직후 함께 순수문학을 써내려가며 문인으로서의 길을 걸었고, 푸른 청사진 속의 같은 미래를 품었던 동료였다.

그랬던 동료가 이제는 노인이 되어, 당신을 바라보며 과거를 회상하듯 말했다.

"……규화, 옛날에는 네 작품이 하도 많이 팔려서 부러웠고 보기도 싫었다."

과거가 생각나서인지, 선생은 하나밖에 남지 않은 손으로 얼굴을 감싸 안았다. 이윽고 잊으려야 잊을 수 없는 이름이 손바닥 사이의 가려진 입을 통해 흘러나왔다.

"정말…… 정말 미안하다, 민철아."

오랜 친구의 등장에 선생이 자리에서 쓰러지듯 주저앉았다. 그 모습을 바라보던 노인이 서둘러 다가가 그의 오른손목을 부여잡았다.

"……미안할 필요 없다. 누구의 잘못도 아니었기에, 과거에 발 묶여 살지는 말자꾸나."

이제는 없어져 버린 손이었지만 그 온기가 고스란히 전해지는 듯했다. 늙어버린 옛 친구, 민철이 규화의 어깨를 두 손으로 감싸 안았다. 양손 가득 어깨의 떨림이 고스란히 전해졌다.

"규화…… 네가 너무도 보고 싶었다."

세월이 흘러, 힘이 없어져 버린 친구의 목소리에 이규화는 수십 년간 억눌러 왔던 슬픔을 토해냈다.

- 5장 -

황금기

수십 년 동안 얽히고설킨 감정의 고리는 재회라는 이름 아래 눈 녹듯 녹아내렸다. 감정의 문을 굳게 걸어 잠갔던 빗장이 오랜 지기와의 만남으로 인해 열리는 순간이었다.

그 누구의 잘못도 아니었다. 시대의 잘못이었고, 나라에 충성하지 못하고 개인에게 충성한 이들의 잘못이었다.

"선생님들께서 하실 이야기가 많으신가 본데요."

대남이 말을 하자 혜영이 짧게 고개를 끄덕여 보였다. 그들은 오랜 세월 동안 풀지 못했던 대화에 방해되지 않게 철문 너머로 걸음을 옮겼다.

"대남 씨, 어떻게 알았던 거예요?"

"뭘요?"

"김민철 선생님을 데려올 생각은 어떻게 한 거냐고요. 당시를 풍미했던 문인들은 이미 태반이 작고하신 상태였죠. 또 김민철 선생님이 이규화 선생님하고 친한 지기였다는 사실은 저도 몰랐거든요. 더군다나……."

혜영은 뒷말을 삼킬 수밖에 없었다. 김민철 선생 또한 문단을 떠나, 이제는 어촌 마을에서 어부의 삶을 살아가고 있었기 때문이다.

등본에도 마지막 거주지가 등재되지 않아 불분명한 그의 행방을 찾는 것은 요원한 일이었음에도 불구하고, 대남은 손쉽게 그를 찾아냈다.

"선생님께서 이규화라는 이름을 버리고 김민철이라는 이름을 사용했던 것 기억 안 나세요?"

"아……!"

대남은 초능력을 사용했다는 말을 할 수가 없었다. 다행히도 이규화 선생이 본인의 이름을 버린 채 친구의 이름으로 살아왔다는 점이 혜영을 설득시켰다.

"그래도 대단한데요. 저희가 오 년이 걸려도 해결하지 못했던 일인데."

"아직 전부 해결된 건 아니잖아요. 선생님께서 수락하셔야 할 문제이니까."

대남의 말마따나 결국 이규화 선생의 최종 허락이 떨어져야 할 문제였다. 금양출판으로 모시고 간다는 것은 대한민국 문단에 아직 이규화 선생이 살아 있다는 것을 알리는 것이나 마찬가지였기 때문이다.

하지만 대남은 걱정하지 않았다. 오랜 세월이 흘러 다시금 만난 노년의 신사들은 못다 한 이야기를 나누는 중이었다.

그들은 서로 이야기를 나눔으로써 알 수 있을 것이다. 본인들이 있어야 할 자리는 이름 모를 초야가 아닌, 문단이라는 사실을.

출판 단지에 기묘한 소문이 감돌았다. 과거의 명성 높았던 문인들이 다시금 대한민국 문단에 모습을 드러내고 있다는 소문이었다. 한데 웃긴 것은 그 소문이 '민족문화작가회'에서 시작된 것이 아니라 출판 단지에서 시작되었다는 것이다. 소문의 근원지는 다름 아닌 '금양출판'이었다.

"아버지, 이규화 선생님을 금양출판으로 모시고 왔으니 첫 번째 조건은 성공한 거겠죠."

"그래. 사실 이렇게 빨리 성공할 줄은 몰랐구나. 우리가 오 년 넘게 끙끙 앓아왔던 일을 네가 이렇게 일사천리로 해결하니, 놀랍다 못해 얼떨떨하기까지 하다."

아버지는 사실 이규화 선생을 마음속에서 배제하고 있었

다. 본인이 문단으로 돌아오는 것을 강경하게 거부하니, 더 이상 강요할 수도 없는 상황이었다. 그렇기에 다른 문인들을 섭외하는 데 열을 올린 것인지도 모른다.

"과거의 명망 높았던 문인들이 하나둘씩 금양출판으로 모여든다. 하물며 문단계의 대들보라 불렸던 이규화 선생님까지 합세하였다. 아무래도 그것 때문이겠죠."

"그래. 지금으로선 출판인들이 행할 수 있는 방법은 이것밖에 없구나."

금양출판이 과거의 문인, 즉 문단의 선배 작가들을 모집하는 것에는 다 그만한 이유가 존재했다. 책에 대한 관심이 사그라지고 있는 현시대에 대중의 이목을 끌 만한 사건이 필요했기 때문이다.

"아버지께서는 지금의 기회를 발판 삼아 출판 탄압에서 벗어나려는 것이겠죠."

출판 단지에서 가장 호황을 누리고 있는 출판사를 꼽는다면 단연 금양출판일 터였다. 그만큼 작금의 불황을 타개하기 위해선, 선두에 선 금양출판의 과감한 실험 정신이 필요했다.

"대남아, 그런데 문제가 생겼다."

"문제라니요?"

"본래 동월일보에서 이번 문인들의 신작 발간을 앞두고 홍보 인터뷰를 하도록 사전 논의됐었는데, 그쪽에서 일방적으로 파투를 내버렸어."

동월일보는 현재 대한민국에서 타의 추종을 불허하는 인지도를 가진 언론사이다. 동월, 종선, 중인일보가 있었지만 16대 정권에 적극적으로 협조한 덕일까, 동월일보의 인지도와 영향력은 천정부지로 치솟았다.

"굳이 동월일보를 고집할 필요가 있나요. 중인이나, 뭣하면 종선까지도 선택지로 고려해 보면 될 일이잖아요."

"그래. 원래 차선책이라는 게 존재하기는 했다만, 이번에는 어찌 된 노릇인지 신문사들이 일제히 합심이라도 한 듯 출판에 관한 홍보를 거부하더구나. 방송사는 애초에 불가능했고 말이다."

정부에서 출판사의 홍보에 협조하지 말라는 지시가 내려왔을 것이 불 보듯 뻔했다. 정권과 언론과의 유착 관계는 정경유착만큼이나 대한민국 내부에 깊게 뿌리내려 있었다. 정권이 바뀐다고 한들, 주인이 바뀌는 것이지 관습·관행이 바뀌지 않는다는 것을 보여주는 일부분이기도 했다.

"하……."

아버지는 깊은 한숨을 토해내는 것을 끝으로 말씀이 없으셨다.

본래 언론사까지 동원해 작품 홍보에 열과 성을 다하지는 않았지만 출판 탄압을 벗어나기 위해 과거의 문인들을 끌어모았고, 언론을 동원해 대중의 이목을 집중시켜 마음을 움직이려 했다. 한데 그 계획이 시작부터 문제가 생기니 아버지 입장으로서는 답답할 따름이었다.

"제가 한번 다녀와 볼게요."

"어딜?"

"동월이요. 나쁘지 않은 수가 생각이 났거든요."

동월일보는 육십여 년의 유구한 역사를 자랑하는 언론사이다. 언론사로서 조선 민중의 표현 기관, 민주주의, 문화주의를 사시(社是)로 내세웠다. 서울시 종로구에 위치한 동월일보는 지하 2층, 지상 7층, 연건평 4천 725평 규모의 사옥을 가지고 있다. 그 거대한 크기만큼이나 대한민국에선 제1의 신문사라 불리는 곳이다.

"그러니까, 지금 출판에 관해 홍보 기사를 내달라는 말씀이시죠."

"홍보라기보다는, 과거의 문인들이 다시금 문단으로 모여들고 있는 현 사태를 조명해 달라는 것입니다."

대남의 말에 맞은편에 앉아 있던 편집장의 표정이 좋지 않다.

"저희라고 신문에 그런 기사를 쓰고 싶지 않겠습니까. 다만 현 정권이 추구하는 바를 거스를 경우 저희에게도 그 피해가 막심할 터라……."

"언론 탄압에 관한 기사는 잘도 써내면서 출판 탄압에 관해 한 줄 적어내지 않는다는 것이…… 목에 칼이 들어와도 진실만을 알린다는 기자의 사명과 역할에 어긋나는 행동이 아닙니까."

편집장은 대남을 빤히 바라봤다. 나이도 어려 보이는 놈이 금양출판의 대표랍시고 와서 한다는 말이 되먹지도 못한 훈계질이라니, 기가 찼다.

"김대남 씨, 목에 칼이 들어오면 사람 죽어요. 신문사라고 다를 것 같습니까. 우리 밥그릇 건드는 일에는 앞장서고 나설지 몰라도 남의 밥그릇까지 챙겨줄 처지는 못 됩니다. 기자의 사명과 역할을 지킬 거였으면 이미 일제강점기 때 우리 신문사 문 닫았습니다."

"인의를 저버리고 천하를 속이는 이익집단이 되어버린 신문사를 비판하지는 않겠습니다. 그럼 원칙대로 가죠. 계약 금액이 얼마입니까."

"참 나, 지금 이 일이 돈으로 해결될 문제 같습니까. 기사를 하나 내기 위해서는 국장님을 비롯해 상부에 허락을 받아야 하는 입장이고……."

편집장은 원론적인 이야기를 늘어놓으며 출판 홍보 기사를 실으면 안 되는 이유에 관해서 설명하기 시작했다. 대남은 그의 말을 잠자코 듣고 있다, 말꼬리를 잘라내며 입을 열었다.

"현 정권이 출판 탄압을 자행하고 있다고는 하지만 이 정도 기사를 싣는 문제로 신문사에 제재를 가하지는 않을 것입니다. 물론 신문사 입장에선 정치권의 눈치를 보게 되겠지만요. 솔직히 지금 저희를 거부하고 있는 까닭은 수지 타산이 맞지 않아서가 아닙니까. 편집장님께서도 솔직히 말씀하시니까 저도 솔직히 물어보겠습니다."

대남은 찻잔을 들어 입을 한 차례 축이고는 말을 이었다.

"얼마면 되겠습니까."

대남의 질문에 편집장은 속내를 들킨 것 같아 얼굴이 화끈했다. 한때는 자신도 기자로서의 사명감과 청렴성을 가진 채 왜곡과 조정을 일삼는 정권을 상대로 일갈을 가하고자 했다.

하지만 사회에 물들어갈수록 기자로서의 의무를 저버리고 간언을 하기에 바빴다. 편집장은 참았던 한숨을 토해냈다.

"……상부에서 원하는 금액이 꽤 큽니다. 아무래도 금양출판으로는 힘들 겁니다. 나머지 종선과 중인일보 3대 언론사의 국장들이 담합한 일이라 어딜 가도 상황은 다르지 않을 것입니다."

금양출판이 현재 출판 단지에서 내로라하는 출판사인 것을 모르는 것은 아니나, 거금을 융통할 수 있을 만큼 몸집이 커진 것도 아니었다.

홍행작 두 작품을 발간해 출판 단지 내에서 입지와 규모가 커진 것이지, 객관적으로는 아직 중소기업 수준이었다.

"그래서 얼마입니까."

대남의 단호한 물음에 편집장은 고개를 주억거렸다. 이윽고 종이 위에 볼펜으로 금액을 적어나갔다. 마침표가 계속 찍히고 뒷자리를 차지한 0의 개수도 많아졌다.

"여기 있습니다."

편집장은 얼굴이 붉어진 채로 종이를 대남에게 내밀었다. 꽤나 큰 금액이었기 때문이다. 평상시 기업의 홍보 목적으로 기사를 싣는 비용에 비해 수배는 큰 비용이었다. 하지만 대남은 그런 금액을 보고도 아무렇지 않게 되물었다.

"기간은요."

"제가 말씀드린 계약 금액만 맞춰주신다면 기간이야 어찌 됐든 간에 상부에서도 적극적으로 협조할 것입니다."

편집장은 지금 자신의 맞은편에 앉아 있는 이 남자가 결국은 큰 금액을 감당치 못하리라는 것을 알고 있다. 금액이 큰 만큼 출판사로 돌아가 장기간의 회의를 거쳐도 답은 나오지 않을 것이다.

하지만 그런 편집장의 예상과는 다르게 대남은 손가락으로 종이 위를 툭툭 몇 번 건드리고는 입을 뗐다.

“좋습니다, 수락하죠. 단, 저에게도 조건이 있습니다.”

“……네? 아니, 잠깐만요. 금액을 제대로 보신 것 맞습니까?”

편집장은 여태껏 대남의 직급을 ‘대리’ 정도로 생각했었다. 사실 외모만 놓고 보자면 신입 사원이라고 해도 별반 이상하지 않았다. 한데 이런 자리에서 저 정도의 사안을 마음대로 좌지우지할 수가 있다고? 말이 되지 않았다.

“금양출판 대표께서 김대남 씨에게 일임하신 일입니까? 이 정도 금액을 쓰게 된다면 출판사 입장에서도 적잖은 타격을 입게 될 텐데요. 잘 생각해 보셔야 합니다. 언론에 기사 한 번 내고자 했다가 오히려 사세가 흔들릴 수도 있는 일입니다.”

“편집장님, 이 정도 일로 금양출판의 자금을 쓰지는 않을 생각입니다.”

“그럼……?”

편집장의 의아한 물음에 대남이 자리에서 일어나며 입을 열었다.

“제 사비입니다.”

가을이 찾아오자 문학계가 떠들썩해졌다.

과거의 명망 높았던 문인들이 연이어 서적을 발간했기 때문이다. 현대문학, 자서전, 시, 장르도 가지각색이었으며 활자에 깃든 필력은 대중의 마음을 설레게 했다. 하물며 해방 직후 문단을 대표했던 이규화 선생의 등장은 정치권마저 진동시켰다.

[천재 작가 '이규화' 수십 년에 걸친 은둔 생활, 과연 누가 그를 그렇게 만들었나.]

[문단의 대부, 이규화 선생 다시 돌아오다.]

[이규화 저 '동녘의 꽃' 출간 두 달 새 무려 97만 부! 기록적인 베스트셀러!]

이규화 선생과 관련한 수많은 기사가 신문 일면을 장식했다. 출판업계에 대한 탄압이 자행되고 있었고, 문화·예술계 전반이 답보 상태를 면치 못하던 시절이었다. 한낱 작가가 신문 일면을 장식한다는 것 자체가 센세이션이었으며 이례적인 사건이었다.

"대단하네요, 선생님."

"내가 대단한 게 아닐세. 시간이 흘러도 날 잊지 않은 대중에게 감사할 따름이지."

"겸손도 지나치십니다."

마루 턱에 앉아 있던 대남이 웃으며 말했다.

이규화 선생은 여전히 달동네의 남루한 가옥에서 말년을 보내고 있었다. 이번 집필 활동을 통해 범인으로선 상상하기 힘든 목돈을 만졌음에도 당신은 여전히 이곳이 좋다고 했다.

"그나저나 학교 가는 날 아닌가, 자네."

"하루쯤 빠져도 상관없습니다."

"좋을 때군."

겨울이 찾아오고 있었지만 이규화 선생의 마음속에는 이미 봄이 찾아온 듯싶었다. 굳게 걸어 잠갔던 마음속의 빗장을 풀고 사람들의 접근을 더 이상 회피하지 않았다. 대남은 선생님의 전담 편집 직원이 되어서 작품에 관한 이야기를 상시 나눴다.

"자네, 앞으로 다시 한국문학의 황금기가 찾아올 것 같은가."

"이미 찾아오지 않았습니까. 선생님께서 갱신하신 판매 부수는 지금 같은 불황에선 도저히 나타나기 힘든 숫자니까요."

"대남 군, 반짝이는 별이 아니라 지속적으로 대중에게 관심을 받으며 살아갈 수 있겠냐는 말일세. 이 시대를 힘겹게 살아가는 문인들 전부가 등 따시고 배부를 수 있는 그런 날 말이야."

대남은 초능력을 사용해 미래를 엿볼 수가 있었다. 하지만 미래를 엿보지 않아도 분명 알 수 있었다.

"올 것입니다. 선생님께서 문단에 계시지 않으십니까."

대들보가 있는 한, 문단은 주저앉지 않고 계속 높은 곳으로 올라갈 것이다.

입동(立冬)이 찾아올 무렵, 베를린장벽이 붕괴되었다.

동독과 서독을 가로지르던 장벽이 역사의 뒤안길로 사라졌다. 분단의 현실을 겪고 있는 대한민국으로서는 이 같은 외신의 소식들이 달갑게 느껴지지만은 않았다.

"대한민국이 언제쯤 평화통일을 할 수 있겠나."

대학교수들 사이에선 정치적인 사안이 터부시되는 주제였지만 베를린장벽의 붕괴는 수많은 사람에게 충격을 안겨 주었다.

더군다나 지식인들이 모이고, 공부하는 대학가에서 이보다 훌륭한 이야깃거리는 없었다.

"독일 분단의 상징이었던 베를린장벽이 붕괴되었고, 곪을 대로 곪은 냉전 이데올로기가 더 이상 국민을 옭아맬 수 없다는 것이 드러났지. 앞으로 다가올 독일의 변화는 대한민국의 국민들에게 비애와 애통을 자아내게 할지도 모르겠어."

육 년 전, TV 프로그램을 통해 이산가족 찾기가 실시된 적이 있었다. 분단의 비극과 이산가족의 고통과 슬픔이 절절히 나타난 방송이었다.

그동안 북한에 있는 친족들을 만날 기회가 전무했기에 국내와 해외에서 가족을 찾지 못한 이들의 슬픔은 대한민국 전역을 울리게 했다.

“하지만 통일은 쉽게 되지 않겠지……. 정치적인 사안이 맞물려 있고 우리의 주적은 여전히 변함없이 북한이니 말이야.”

대남 또한 궁금했다. 과연 언제 통일이 될 수 있을까 하고 말이다.

이제는 초능력을 과부하가 걸리지 않는 선을 지키며 능수능란하게 사용할 수 있었지만 종전과 같은 중요하고, 거대한 사건들은 암막이 드리워진 것처럼 보이지 않았다.

“참, 그러고 보니 우리 수업에 오십억 원의 사나이가 있다고 하던데…….”

교수는 말꼬리를 흐리며 학생들을 훑어봤다. 이윽고 강의실 내의 시선이 일제히 대남에게로 집중되었다.

발 없는 말이 천 리를 간다고, 대남은 이미 한국대학교 내에서 ‘전국 수석’이라는 타이틀보다 ‘오십억 원의 사나이’로 불렸다. 금융거래로 차익을 오십억 원 냈다는 것에서 시작된 별칭이다.

“그래, 자네가 보기에는 어떠한가. 그만한 수익을 낼 정도의 경제 지식과 혜안을 가졌다면 앞으로 다가올 미래에 대해서도 점쳐 볼 수 있겠지.”

교수는 정말 사심 없이 대남의 의견이 궁금한 듯했다. 본인이 평생 벌어도 못 벌 돈을 단 2개월 만에 벌어버린 행보는 그야말로 불세출의 천재가 따로 없었기 때문이다.

"지금으로선 불가능할 것이라고 생각됩니다."

"그 이유는."

"수신제가치국평천하라 했습니다."

"자네의 지금 그 말은, 나라의 주인이 일을 잘못하고 있다는 말인가?"

대남은 교수의 말에 고개를 가로저었다.

"나라의 주인은 국민입니다. 잘못하고 있는 건 국민 위에 군림하려는 군상이겠지요."

경제 교류를 표방하며 재벌들의 방북이 이어지고 있는 상황이었지만 법적인 제재는 가해지지 않았다. 하물며 정치권 인사들의 뇌물 수수 혐의는 국민들이 정치에 학을 떼게 했다.

그 모습은 마치 국민에겐 악법을 강요하고, 소수 지배층은 법을 자유자재로 넘나들 수 있게 해주던 독재 정권의 모습과 닮아 보였다.

그날, 대남은 강의가 끝이 나고 출판 단지로 걸음을 바삐 옮겼다. 아버지의 갑작스러운 호출 때문이었다.

"대남아, 큰일 났다. 병원으로 빨리 가보자."

"병원이요?"

"이규화 선생님께서 쓰러진 채 발견되셨다는구나. 석혜영 대리가 오늘 찾아뵀었는데 안방에서 쓰러져 계셨다고 하더라."

아버지의 다급한 목소리가 귓가를 울렸다. 분명 얼마 전만 해도 정정한 모습으로 본인과 함께 대화를 나누었거늘, 대남은 믿기지 않는 비보에 어안이 벙벙했다.

이윽고 도착한 대학 병원에서도 대남은 한참이나 병실에 들어서지 못했다. 선생님께선 이미 남은 시간을 편히 보내고자 중환자실이 아닌, 1인실에 계신다고 했다.

겨우 힘을 내어 걸음을 옮겨보니 이미 1인실에는 김민철 선생께서 자리를 지키고 계셨다.

"어서들 오게."

힘없는 김민철 선생의 목소리에 병상을 보니 이규화 선생님의 전신이 대남의 눈에 들어왔다. 병상에 누워 계신 선생님은 급격히 말라 환자복이 헐거웠으며, 세월의 흐름 탓인지 과거의 고문 때문인지 온몸엔 크고 작은 생채기가 가득했다.

"오래 버티지 못한다고 하네."

김민철 선생의 말에 병실에 있던 모든 이들이 한숨을 토해냈다. 혜영은 자신이 빨리 선생님을 찾아뵙지 않아서 생긴 일이라고 자책했다. 김민철 선생은 그런 혜영의 어깨를 다독여주며 입을 열었다.

"괜찮다. 너무 힘들게 살아온 인생이었으니, 마지막 꽃이 피는 모습을 보고 가는 것도 나쁘지 않지……. 규화도 너희를 만난 것에 크게 고마워할 것이야……. 그리고 대남이 자네는 나랑 따로 이야기 좀 나눴으면 하는데."

곧이어 대남은 병실 밖으로 걸음을 옮겼다. 함께 걸어 나온 김민철 선생이 연륜이 깃든 손으로 외투 속주머니에 숨겨져 있던 봉투를 꺼내 건넸다.

"이게 뭐죠?"

"규화가 마지막으로 남기는 유언이다. 가족 하나 없는 규화로서는 마지막 말을 너에게 남겨 주고 싶었다고 하더구나……. 나에게 부탁을 했을 당시에만 해도 이렇게 빨리 그날이 찾아올 줄은 상상도 못 했다……."

대남은 갈색 봉투 안에 들어 있는 유언장을 꺼내 보았다. 유언을 읽어 내려가던 대남은 결국 참았던 눈물을 흘렸다. 이규화 선생의 필체로 쓰인 유언에는 이러한 내용이 적혀 있었다.

[더 이상 오래 살지 못할 것을 알기에 이렇게 글자로나마 내 마지막 유지를 남긴다……. 나 이규화는 젊었을 적엔 문단에 청춘을 바쳤지만, 나이를 먹고 나서부터는 겁쟁이가 되어 산송장으로 살아갔었다. 잠자리에 들 때면 절친했던 지기들이 이름 모를 지하실에 끌려가 고초를 당하는 악몽을 꾸곤 했다. 어떻게 보면 문단이 탄압당하는 지금의 시대가 나

로 인해서 시작된 것인지도 모른다는 생각이 든다. 그 죗값으로 부족하지만 내가 여태껏 벌어들인 인세와 남긴 재산을 앞으로 금양출판에서 문인들을 위해 써줬으면 한다. 가족도 없는 날 찾아준 너희에게 내가 마지막으로 해줄 수 있는 고마움의 표시이자 마지막 부탁이라고 생각해 줬으면 좋겠구나. 대남아, 내가 언젠가 말했었지. 문단의 황금기가 다시 찾아올 수 있겠냐고…… 이제 네 손으로 이뤄줬으면 좋겠구나…….]

"……황금기."

대남은 나직이 말했다. 이규화 선생님을 만나게 된 것은 초능력으로 인해 비롯된 우연한 인연이었지만, 그 끝은 우연이 아닌 운명일 것이다.

황금빛 인생을 살고자 마음먹었던 대남의 마음이 이규화 선생과의 운명적 만남으로 확고해지는 시간이었다.

30년 전.

한국전쟁이 끝나고 구 년의 세월이 흘렀지만 여전히 전쟁의 여파는 남아 있었다. 거리에는 전쟁고아들이 돌아다녔으며,

집을 잃고 일자리를 잃은 채 노숙 생활을 하며 지내는 이들이 넘쳐나는 시대였다.

하지만 비극 속에도 일상은 계속된다고, 여전히 평범한 사람들의 시간은 흘러갔다.

"정말 더럽게도 기구한 인생들이구나."

민철이 작업실 의자에 앉아 한탄하듯 말을 내뱉었다.

전쟁이 끝났지만 살림살이는 영 나아질 생각을 하지 않았다. 글을 쓰는 것이 좋아, 문학이 좋아 작업실로 모여들었지만 집필 활동을 하는 것으로 밥벌이를 하기에는 턱없이도 부족했다.

"조금만 더 힘내 보자."

"규화, 네 책은 그래도 우리 중에 가장 많이 팔려서 그런 말을 할 수 있는 거지."

규화의 격려에도 민철은 뿔이 난 듯 영 시답잖게 대답했다. 대중이 문학작품을 통해 슬픔과 애환을 달래었지만 문인들의 삶의 질이 올라가지는 않았다.

오히려 전쟁 전보다 역행했다고 보는 것이 옳을 것이다. 다만 모두가 힘들었고 굶주렸던 시절이었기에 어찌할 도리가 없었다.

"민철아, 곧 있으면 분명 올 거야. 문단의 황금기가."

"퍽이나. 우리가 죽을 때쯤 되면 오지 않겠냐. 그때가 돼서 문단이 황금기를 가진다고 한들 무슨 소용이냐. 기반을 잡았던 우리는 늙어 죽어갈 텐데 말이야."

민철의 말마따나 한 줌의 재로 돌아갈 시점에 문단이 황금기를 맞이한다고 해서 지금 당장 좋을 것은 없었다. 하지만 규화는 그런 민철의 말에도 입가에 미소를 지어 보이며 답했다.

"죽어서라도 문단에 황금기가 찾아올 수 있다면, 문인으로서 나쁘지 않은 삶 아니었겠냐."

- 6장 -

사법 고시

이규화 선생의 장례식은 고인의 뜻에 따라 소박하게 치러졌다. 문인들의 애도가 이어지고 신문 기사에서도 이규화 선생의 업적과 유작이 되어버린 '동녘의 꽃'을 재조명했다.

"아버지, 선생님께서 남기신 유언은 어떻게 하실 거예요?"

"음, 고민이 많구나……."

"공모전을 개최해 보는 게 어떨까요."

신춘문예라는 기존의 제도가 있었지만, 신인 문학가들의 등용문으로 쓰였지 소정의 상금을 바라보고 집필을 하는 문인은 없다고 봐도 무방했다. 대남은 그 점을 이용하기로 마음먹었다.

세간의 관심을 끌기 위해선 막대한 자금이 필요했고, 그 자금은 이규화 선생님께서 남겨 주고 가신 재산이면 충분했다.

"공모전……?"

"대중문학의 시장을 넓히려면 한번 크게 놀아봐야죠."

한정적이라 여겨졌던 대중문학의 파이를 늘릴 수 있는 절호의 기회였다. 여태까지 거액을 담보로 한 문학계 공모전이 열린 적이 없었던 터라 분명 문인들과 대중의 관심을 끌 수 있을 거라 대남은 생각했다.

어느새 시간은 흘러 1990년 새해가 밝았다.

금양출판은 공모전 준비에 여념이 없었고 정치권은 3당 합당이라는 결과물을 만들어냈다.

"도대체가 이게 어떻게 된 거냐."

식사 자리에서 아버지는 조간신문을 읽다 말고 화딱지가 났는지, 신문을 소리 나게 내려놓으며 말했다. 대남은 그 모습을 바라보다 입을 뗐다.

"아무래도 여소야대에 위기를 느낀 노태후가 DJ와 YS에게 합당을 제안한 거겠죠."

여소야대의 정국에선 정부의 편인 여당이 정부가 상정한 법안을 상당수 통과시킬 수가 없는 사태가 벌어졌다. 정부는 정책에 차질이 생기고, 각 부처 인사권조차도 야당에게 밀리는 처지가 되니 여당은 마지막 수단으로 '3당 합당'을 제안한 것이다.

"이로써 YS는 차기 정권을 획득할 수 있게 됐지만, 민주주의를 배반했다는 대중의 시선은 피하기 힘들게 될 겁니다."

대남은 아침 식사를 하면서도 입맛이 씁쓸했다. 6월 항쟁의 주역으로 평가받던 YS의 갑작스러운 결단은 미래를 보는 자신조차도 예상하지 못했던 사건이었기 때문이다. 한편, 군사정권의 잔재 세력과 합당하게 된 YS의 미래가 궁금하기도 했다.

"대남아, 사법 고시는 어떻게 할 생각이냐."

아버지는 더 이상 골치 아픈 정치권 이야기를 하기 싫으신지, 대화의 주제를 사법 고시로 옮겨 나갔다. 아무래도 다가오는 삼월에 사법 고시 1차 시험이 예정되어 있었기 때문이다.

"아직까진 잘 모르겠어요."

"……."

아버지는 당신의 아들이 한국대학교 법대생인데 사법 고시를 치르지 않는다는 것이 내심 안타까운 듯했다. 군부 정권을 여실히 경험했던 아버지로서는 재산이 어중간하게 많은 부자보다 권력과 명성을 한 번에 얻을 수 있는 법조인이 더 낫다고 생각하셨다.

"그래, 한번 잘 생각해 봐라. 명색이 법학도인데 사법시험을 한 번도 안 쳐본다는 게 아깝지 않으냐."

대남은 아버지의 말에 묵묵히 고개를 끄덕이는 것으로 대답을 대신했다. 이윽고 식사를 끝낸 대남은 곧장 학교를 가기 위해 서둘렀다.

한국대학교 법과 대학 독서실은 겨울방학이었지만 빈자리 없이 꽉 차 있었다. 대부분이 사법시험을 준비하는 인원일 터. 고시반인 청명제(青明製)에서도 많은 학우가 밤까지 남아 고시 공부를 했다.

“야, 넌 사법 고시도 생각 없다는 놈이 맨날 독서실은 왜 오는 거냐.”

이제는 학생회장이 아니라, 고시생이 되어버린 서찬구가 자판기 커피를 마시면서 물었다. 대남은 서찬구가 건넨 커피로 손을 녹이며 답했다.

“공부할 게 아직 많으니까요.”

“여태껏 일 학년 중에서 너같이 공부하는 놈 못 봤다. 학년 수석까지 한 놈이 겨울방학까지 쉬지 않고 공부를 한다니……. 그냥 사법 고시 쳐보지 그러냐, 아직까지 1차 시험 접수 기간은 남아 있으니까.”

서찬구가 그렇게 말을 할 때쯤, 법학관에서 몇 명의 인영이 어슬렁어슬렁 걸어 나왔다. 그들은 대부분이 서찬구와 같은 학년으로 청명제에서 고시 공부 중인 고시생이었다.

“뭐야, 찬구도 나와 있었네. 그건 그렇고 옆에 있는 애가 그 유명하고 건방지다는 신입생이냐? 반갑다, 난 우병구라고 한다."

우병구는 대남에게 적대감을 여실히 드러내며 악수를 청했다. 대남이 악수를 받지 않고 빤히 바라만 보고 있자 우병구가 입가에 비릿한 미소를 지으며 말을 이었다.

"요즘 것들은 버르장머리가 없어요. 공부 좀 하고 돈 좀 있다고 선배 알기를 우습게 아니까 말이야. 듣기로는 오십억 원쯤 벌었다며, 주식시장에서. 그까짓 돈 우리 아버지 회사에 비하면 푼돈이나 다름없지."

"회사가 꽤 큰가 보네요."

"애걔, 벙어리는 아니었나 보네. 멀뚱멀뚱 쳐다만 보고 말이 없기에 어디 문제 있는 줄 알았네. 회사가 꽤 크냐고? 너 같은 놈은 아무리 날고 기어봤자 절대 범접할 수 없는 곳이지. ST상사라고 들어봤냐."

ST상사라, 대남과는 남다른 인연이 있는 곳이다. 대남이 저도 모르게 피식하고 웃으니 우병구는 자신을 향해 비웃는 것이라 생각한 듯 더 열을 올렸다.

"이 새끼가, 형소법 시간에 나 교수님이 조금 칭찬해 준 거로 완전 거만해졌네. 듣자 하니, 사법 고시도 안 치는 게 아니라 무서워서 못 치는 거겠지. 네놈 실력이 다 까발려질까 봐."

"병구야, 그만해라."

"뭘 그만해, 네가 저렇게 버르장머리 없는 놈을 감싸고 도니까 저 새끼가 더 기고만장해서 저러는 거 아니야. 저런 놈은 선배 된 도리로서 따끔하게 혼쭐을 내줘야지. 아, 설마 저번에 도원이 사건 때 저놈 혼자서 널 도와줬다고 그러는 거냐?"

"말조심해라."

"뭘 조심해. 내가 그때는 말을 안 했지만, 도원이 사건을 우리 같은 학생들한테 도와달라는 네 녀석이 더 문제인 거야. 어차피 벌어진 일인데 그냥 조용히 입 막고 살면 흘러갈 일을 왜 캐고 다닌 건데. 끼리끼리 모인다더니 딱 그 꼴이다."

우병구는 애초에 서찬구와 대남에게 시비를 걸려고 온 듯싶었다.

서찬구는 우병구가 친구 김도원까지 들먹이는 모습에 얼굴이 홍당무처럼 벌게져 주먹을 말아 쥐었다.

그 모습을 보다 못한 대남이 서찬구의 어깨를 지그시 누르며 입을 열었다.

"만약 제가 사법 고시에 합격하면 어떻게 하실 건데요."

대남이 갑작스럽게 말을 하자 우병구는 당황한 기색이 역력했다.

"얼씨구, 학교 공부랑은 차원이 다르니까 제발 까불지 좀 마라. 네까짓 놈이 몇 달 공부해서 붙을 사법 고시였으면 애초에 난 도전하지도 않았어."

사법시험은 일 년에 한 번 치러지기 때문에 그 난이도는 상상을 초월한다. 행여 초심자가 운이 좋게 1차 시험에서 붙더라도 2차 시험에서는 어김없이 낙방하는 것이 일반적이다.

"그래 봤자 선배도 후계 구도에서 밀려나서 사법 고시에 매달리고 있는 처지 아닙니까."

"뭐라고? 이 새끼가!"

일순 우병구가 달려들려는 것을 서찬구가 급히 앞을 막아섰다.

우병구는 ST상사 회장의 아들이었다. 하지만 형제들과는 다른 이복(異腹)으로서 성골 출신이 아니었다. 그렇기에 자연히 후계 경쟁에서는 꿔다 놓은 보릿자루 신세가 될 수밖에 없었다. 우병구는 자신의 역린을 건드린 대남을 죽일 듯 노려봤다.

"왜 그렇게 쳐다보십니까. 선배가 본인 입으로 허구한 날 가문 이야기를 하시는데 모르는 사람이 이 법학관에 한 명이라도 있겠습니까. 저도 소문으로만 들었지, 이렇게 선배 실물은 오늘 처음 봤습니다."

우병구의 가족사는 공공연한 비밀이었다. 다만 썩어도 준치라고 ST상사의 뒷배를 생각해서인지 아무도 우병구의 안하무인격인 행동을 비난하지 않았다.

하지만 뒷소문은 이미 막을 수 없을 정도로 커져, 일 학년 사이에서도 우병구는 다른 의미로 유명한 인물이었다.

"다시 한번 묻겠습니다. 제가 사법 고시에 합격하면 어떻게 할 겁니까."

대남의 도발에 우병구는 어금니를 깨물었다. ST상사 가문이기는 하나, 여태껏 아버지를 제대로 만나본 적조차 없는 서자의 신분이었다. 그저 가문의 이름을 뒷배 삼아 학우들을 상대로 괄시를 일삼았을 뿐이었다.

"이 새끼가 허세도 정도껏 부려야지. 네가 합격만 하면 내 뭐든 다 들어줄게. 하지만 합격하지 못한다면 내가 무슨 수를 써서라도 네놈을 학교에서 쫓아낼 거다. 재수 없는 버러지 새끼 같으니라고."

허장성세(虛張聲勢)가 아닐 수 없었다. 숨기고 싶은 치부를 들켜 발광하는 어린아이처럼, 한껏 미간을 찌푸린 채 으름장을 놓는 우병구의 모습은 대남에겐 전혀 위협이 되지 않았다. 오히려 우병구가 말한 조건이 꽤 마음에 들었다. 이윽고 대남이 우병구를 향해 한 발자국 다가가며 입을 열었다.

"그럼 제대로 합시다. 조건에 관한 내용을 공증받도록 하죠."

사법 고시의 어려움을 논해서 뭣하랴, 초심자가 운이 좋아 1차 시험을 통과한다고 해도 2차 시험에서 낙방한다는 것이 정설이었다.

난이도가 높은 2차 시험의 경우 논술형으로 치러지기에 사법고시를 준비하는 고시생 대부분이 수년의 고시 생활을 겪어야 했다.

"제가 2차 시험까지 합격하는 것을 조건으로 해서 걸도록 하죠."

사법 고시 3차 시험의 경우 면접으로만 치러지기에 불참을 하지 않는 한 떨어질 리가 없었다. 사실상 2차 시험까지 통과할 경우 사법 고시에 합격했다고 봐도 무방할 정도였다.

"좋다. 미친놈이 깡다구 하나만큼은 인정해 줄 만하네."

우병구는 대남을 바라보며 어이없다는 표정을 지었다. 제아무리 수재라고 할지라도 사법시험을 초행으로 통과하는 경우는 드물었다. 아니, 아예 없다고 봐야 했다.

"그나저나 네놈이 원하는 조건이 뭔데."

"ST상사 주주총회에서 난리 한번 쳐주세요."

"……뭐?"

"내년 주총에 제가 원하는 질문안을 가져가셔서 그대로 읊으시면 돼요. 왜요, ST상사의 아들이 이 정도도 못 해요?"

뜻밖의 조건이 아닐 수가 없었다. 금전이나 부동산을 원하는 것도 아니고 주주총회에서 난리를 피워 달라니, 우병구의 표정이 급속도로 어두워졌다.

우병구는 대외적으로 인정받지 못한 서자였기에 주주총회

에서 난리를 피웠다간 그나마 남아 있던 핏줄로서의 온정마저 사라질지도 몰랐다. 하지만 대남이 사법 고시를 합격할 리 없었기에 따로 내색하지는 않았다.

그 모습을 바라보던 대남이 입가에 미소를 지으며 말했다.

"공증을 받으려면 변호사가 필요하겠죠. 제가 아는 변호사가 있으니 일단 가시죠."

"……어디로?"

"남영동으로 갑시다."

남영동 하마를 찾아가 어이없는 내기 공증을 받고 난 뒤에야 대남은 다시 집으로 돌아올 수가 있었다. 사법 고시를 준비할 수 있는 기일이 얼마 남지 않았다. 앞으로 다가오는 1차 시험을 준비할 수 있는 기한은 불과 두 달 남짓이었다.

"아들, 뭐 해."

"공부해요."

"공부? 지금 겨울방학 기간 아니니?"

"사법 고시 한번 쳐보려고요."

대남의 말에 어머니의 안색이 눈에 띄게 좋아졌다. 그도 그럴 것이 하나밖에 없는 아들이 모두에게 인정받는 법조인이 될 수도 있다는 생각 때문이었다.

높고도 좁은 사법 고시의 관문은 응시 자격 제한이 없기에 전국에서 수많은 고시생이 도전한다. 하지만 난이도가 바늘구멍에 낙타가 들어가는 것만큼이나 어려워 사법 고시생이라 하면 단연코 인내와 고난의 연속이라는 것이 세간의 평가였다.

퇴근하신 아버지가 한 손 가득 통닭 봉투를 들고 들어오시며 말했다.

"대남아, 앞으로 한동안은 출판사 안 나와도 된다."

"왜요?"

"대남이, 너 지금 사법 고시 준비하고 있지 않냐. 그거 하나만으로도 충분히 힘들 텐데, 벅찬 일이다."

어머니에게 소식을 들으신 것인지, 아버지는 퇴근하시자마자 불쑥 이야기를 꺼내셨다. 아버지 또한 고시 생활과는 연관이 없는 삶을 사셨지만 사법 고시의 악명은 누누이 들어서 알고 있었다.

"괜찮아요."

"뭐가 괜찮다는 말이냐. 이 아비 안 도와줘도 충분하다."

"아니에요, 정말 괜찮아요."

"그게 무슨 소리냐?"

아버지는 걱정이 가득한 표정으로 대남을 바라봤다. 영민한 두뇌를 놔두고 사법 고시를 보지 않는다고 하니 주변에서 하도 사법 고시를 쳐보라 독촉한 까닭에 마지못해 대남이 억지로 시험을 치는 것이 아닐까 싶어서였다. 하지만 대남은 아버지를 바라보며 대수롭지 않게 대답했다.

"이미 준비 끝났어요."

"준비가 끝났다니?"

"고시 준비 말이에요."

대남의 말에 아버지의 손에 들린 통닭 봉투가 땅바닥으로 곤두박질쳤다.

아버지의 만류에도 불구하고 대남은 금양출판으로 출근을 계속했다. 여전히 사수는 석혜영 대리였다. 그녀는 일전에 대남의 능력을 봐서인지 더 이상 쌀쌀맞게 굴지 않았다. 오히려 풋내기라 생각했던 대남에게서 편집자로서의 자세를 배웠는지도 모른다.

"아버지는 어디 가셨어요?"

"사장님은 지금 방송국 관계자들 만나러 가셨어요."

"방송국이요?"

"고난의 시대 때문에요."

"아……."

김동율 작가의 <고난의 시대>는 공전의 히트를 기록하며 고공 행진을 펼치고 있었다. 충무로와 방송국에서 러브콜이 수없이 쏟아졌지만 영화화와 드라마화를 동시에 진행할 수는 없었다. 결국 원작자의 의견을 따라 드라마 쪽으로 기운 듯싶었다.

"결국 드라마로 가는 건가 보네요."

"네, 영화의 상영 시간으로는 고난의 시대를 담을 수 없을 것 같다는 김동율 작가님의 판단 때문에요."

"한데 방송국에서 고난의 시대를 편성해 주겠대요? 그쪽한테는 내용이 상당히 마음에 안 들 텐데……."

고난의 시대는 한 남자의 기구하고도 슬픈 운명을 다룬 이야기였고, 군부 정권의 악행이 적나라하게 드러나 있었다. 그렇기에 과연 방송국에서 원작의 내용을 그대로 안고 갈지가 문제였다.

"방송국 측에서도 위험부담을 안고 가겠대요. 어차피 이규화 선생님께서 작고하신 다음부터는 출판 탄압에 대한 대중의 관심이 쏟아졌고 결국 불온서적 규제도 완화되었잖아요. 지금이 적기라고 생각한 거겠죠."

이규화 선생님께서 남기신 마지막 과제 '문단의 황금기'는 이미 도래하고 있다 해도 과언이 아니었다. 금양출판에서 준비

중인 대규모 공모전과 더불어 故이규화 선생의 작고 소식과 그 이면에 가려진 불법 구금에 관한 이야기는 국민의 분노를 일으켰고 결국 그 분노는 과거 군부 정권을 향해 돌려졌다.

"참, 어떻게 보면 시대적으로 정말 잘 맞물렸군요."

"네, 정부 입장에서도 어떻게 하지 못할 거예요. 오히려 정부에서 지금 고난의 시대를 영상화하지 못하도록 규제하면 국민 봉기가 일어날지도 모르는 일이니까요."

더군다나 석혜영 대리의 말마따나, 현재 고난의 시대의 영상화는 문학계에 살아난 잿불이 되어 가고 있는 중이었다. 현 정부에서 이 잿불을 꺼버리고자 외압을 가해 바람을 불어버리면 오히려 횃불이 되어 커질 가능성이 높았다.

"그나저나 지금 사법 고시 준비하고 있다면서요."

"그건 또 어떻게 알고 있어요?"

"사장님이 아들 팔불출이신 거 아직 모르셨구나. 편집팀 사람들 대남 씨에 관한 이야기 모르는 사람 한 명도 없어요. 사실 주식으로 오십억 원을 벌었다는 이야기 듣고 대남 씨한테 주식 조언받고 싶어 하는 사람이 출판사에 지천으로 깔린 거 몰라요?"

주식에 관한 조언이라, 대남은 웃음이 나오려는 것을 참았다. 자신 또한 초능력의 힘을 빌어 벌어들인 수익이었기에 따로 조언할 처지가 못 되었다. 오히려 자신의 말이 호재가 아닌 악재가 될 가능성이 높았다.

"석혜영 대리님도 저한테 궁금한 게 있으세요?"

"저라고 왜 없겠어요. 사실 저희 아버지도 주식 하다가 꽤나 날려 먹었거든요. 이번에 대남 씨 사수 된 기회로 주식 천재한테 정보 얻어들을 수 있다면 그야말로 천재일우의 기회 아니겠어요."

"음, 천재일우의 기회라……."

대남이 보기에 석혜영은 물욕이 많은 사람이 아니었다. 다만 정말 당신의 아버지를 생각해서 조언을 구하는 것일 터. 대남은 고민을 거듭하다 입을 열었다.

"혹시 아버지가 ST상사 주식 사신 거 있으세요?"

"유명한 회사잖아요. 당연히 있으시죠."

"파세요."

"팔라고요……? 왜요, 그 회사 주가 계속 올라가고 있다고 하던데."

이야기가 끝나갈 즈음, 출장을 나갔던 편집팀 직원들이 차례로 모여들었다. 그 모습에 대남이 자리에서 일어나며 지나가는 듯한 목소리로 말했다.

"모르죠, 곧 망할지도."

<고난의 시대>의 영상화를 하기에 앞서 주연급 배우들의 캐스팅을 위해 김동율 작가와 출판사 직원이 함께 방송국으로 동행했다.

"작가님, 저는 왜 함께 가자고 한 거예요?"

"대남 씨가 제 작품을 가장 먼저 알아봐 주지 않았습니까. 어떻게 보면 주연배우에 대한 안목도 저보다는 훨씬 뛰어날 겁니다."

본래 원작자가 홀로 가도 상관없는 일이었건만 동율은 대남의 안목을 높이 샀다.

"이번에 집도 목동으로 이사하셨다면서요."

"예, 이게 전부 다 대남 씨 덕분입니다. 고난의 시대가 이렇게 성공을 할 줄은 저로서는 상상도 못 했던 일이니까요. 어머니도 대학 병원에서 진료를 꾸준히 받으신 덕분에 많이 나아지셨고요……. 정말 감사해요."

더 이상 '민족문화작가회'에서 말단 직원으로 잡무를 보던 김동율은 없었다. 어수룩하고 어두워 보였던 그의 외양은 눈에 띄게 밝아졌으며 암울했던 과거는 더 이상 눈물에 젖은 기억이 아닌, 아버지에 대한 따스한 추억이 대신했다.

"참, 사법 고시를 준비하신다고 들었는데 저 때문에 시간 낭비하는 게 아닐까 싶어 죄송하네요."

"괜찮습니다. 고시 준비야 매번 하던 거고, 오늘같이 방송국 갈 수 있는 날도 드무니까 좋은 경험이 되겠죠. 혹시 작가님은 주연배우로 점쳐둔 탤런트 있으세요?"

"음, 저는……."

말을 나누다 보니 어느새 방송국 본관에 도착했다. 대남과 동율은 방송국 직원의 안내를 받아 드라마 제작국으로 걸음을 옮겼다.

방송사의 드라마 제작국은 겉보기에는 일반 사무실과 별반 다르지 않아 보였다. 차이점이 있다면 책상 위로는 거래소 명단과 업무 계획서가 아닌, 방영 드라마 시청률 지분표와 드라마 기획안 등이 놓여 있다는 것이다.

또한, 일하는 관계자도 정장이 아닌 캐주얼의 편안한 차림이었고 대부분 부스스한 몰골에 머리가 기름져 있었다.

"반갑습니다, 이번 기획을 맡게 된 PD 장수완입니다."

"안녕하세요, 고난의 시대를 집필한 김동율입니다. 옆에 계신 분은 제 책의 발간을 도와주신 금양출판의 김대남 씨고요."

"작가님, 정말 팬이었습니다……! 제가 고난의 시대를 여태껏 몇 번이나 정독했는지 아십니까. 무려 열 번입니다, 열 번. 주인공이 아들과 아내를 껴안고 총탄을 맞는 장면에서는 하도 눈물을 흘려서 그 페이지 잉크가 옅어질 지경입니다."

장수완 PD는 출판사 직원인 대남은 안중에도 없는지 오로지 김동율 작가의 손만 부여잡은 채 이야기를 나눴다. 그 모습에 동율이 곤란해하는 것이 보였지만 대남은 딱히 기분이 나쁘지는 않았다. 저들 입장에서 자신보다 김동율 작가가 더 우선시되는 것이 당연했기 때문이다.

장수완의 안내에 따라 도착한 곳은 드라마 제작국 한편에 마련된 대본 연습실이었다. 본래는 연기자들의 대본 리딩 용도로 쓰이는 곳이지만 오늘만큼은 주연배우 캐스팅에 관한 회의실로 탈바꿈했다.

"이번에 편성될 고난의 시대는 여태까지의 드라마와는 궤를 달리할 것입니다. 제작 기법부터 시작해서 철저한 고증과 인물들의 심리묘사까지 확실하게 잡아낼 것이며, 시대적인 이데올로기와 현대사에 대한 문제점 등을 던져놓는 계기가 되겠지요. 여기 계시는 분은 이진선 작가님이시고 이쪽은 스타 기획의 김광수 팀장입니다."

장수완은 먼저 회의실을 지키고 있던 드라마 각본을 맡을 이진선 작가와 물망에 오른 주연배우의 소속사 팀장을 소개했다.

'이진선 작가라…….'

대남은 드라마에 관심은 없지만 '이진선'이라는 이름은 익히 들어 알고 있었다. 자신의 각본을 배우가 한 글자라도 다르게 연기하는 것을 용납하지 않는 완벽주의자이자, 손만 댔다 하면 시청률을 갱신한다는 히트 작가였다.

그녀는 널리 알려진 성격만큼이나 곧고 흔들림이 없게 생겼다. 식물로 치자면 대나무 같은 느낌을 주었다.

"이렇게 KBC 드라마 제작국에서 저희 소속 배우들을 기용해 주신다니 정말 감사할 따름입니다. 이 자리를 빌려서 원작자이신 김동율 작가님과 각본을 맡아주실 이진선 작가님 그리고 장수완 PD님께 정말 감사하다는 말씀을 드립니다."

김광수 팀장은 자리에서 일어나 넙죽 인사를 했다. 그러는 와중에 대남을 흘겨보며 의문에 가득 찬 표정을 잠깐이나마 지었다가 지워냈다.

"먼저 주연배우로 물망에 오른 배우들은 김진우, 최민석, 하용우 등이 있습니다. PD님께서도 말씀하신 배우들이고 작가님께서도 한번 배우들의 필모와 자세한 내용 등에 관해 준비한 자료를 함께 보시죠."

대남은 자리에 잠자코 앉아 돌아가는 상황을 관망했다. 수많은 배우가 주연의 자리에 이름이 거론되었지만, 최종적으로 물망에 오른 삼인방은 다름 아닌 스타 기획 출신의 배우들이었다. 드라마 제작국과 스타 기획 간의 커넥션이 있었을지도 모르나, 다행히도 김동율이 원했던 남자 배우가 그중에 있었다.

"배우 김진우 씨가 좋겠어요."

"왜죠?"

동율의 말에 반문을 표한 이는 다름 아닌 이진선 작가였다. 그녀는 정말 궁금한 듯 동율을 뚫어져라 바라보고 있었다.

"고난의 시대를 드라마로 영상화를 결정하게 된 가장 큰 이유는 드라마가 영화보다 좀 더 주인공의 내면을 여실히 드러낼 수 있을 것 같다는 생각 때문이었습니다. 제 아버지의 자서전이기도 한 이 이야기는 주인공 한강수의 내면의 고통과 감정을 표현할 수 있는 연기력이 가장 중요하다고 생각했습니다. 그 점을 보았을 때 극단 생활을 오래 하셨고 감정선이 풍부한 연기를 여태껏 선보여 주신 김진우 씨가 가장 어울린다고 생각합니다."

"그 의견에 저는 좀 반대네요. 김진우 씨의 감정 연기는 호불호가 상당히 갈리죠. 항간에는 과잉 연기 때문에 절제된 연기를 선보일 수 없다는 평가도 있었습니다. 이에 관해서는 어떻게 생각하시죠? 자칫하다간 시대적 이데올로기에 얽매인 갈등적 상황이 주인공의 과잉 연기로 인해 묻힐 수도 있다고 저는 생각되는데요."

팽팽한 신경전이 아닐 수 없었다. 그녀는 동율에게 한 치의 양보도 할 생각이 없어 보였다.

"만약 드라마가 정말 당시의 시대상을 구현하며 완벽히 연출될 수 있다면 김진우 씨의 감정 과잉 또한 쉽사리 해결될 문제입니다. 배우가 제아무리 브라운관을 통해 감정을 내비친다고 한들, 격동의 시대가 가지고 있는 고통을 이겨낼 수는 없으니까요. 작품이 배우에게 먹히는 일은 벌어지지 않을 겁니다."

"……."

그녀는 아무 말도 하지 않은 채 생각에 잠긴 듯했다. 고개를 주억거리던 그녀가 입을 뗀 것은 한참이나 시간이 지난 뒤였다.

"알겠어요. 주연배우는 원작자의 의견을 따르도록 하죠. 다만, 여배우의 경우는 저 또한 고려하고 있는 인물이 있으니 양보해 주셨으면 해요."

"그러도록 하죠."

"저, 말씀 중에 죄송합니다만…… 그럼 스타 기획의 배우 김진우로 고난의 시대 주연이 낙점되는 것입니까……?"

작가들의 기 싸움에 잠시 물러나 있던 김광수 팀장이 상황을 엿보다 불쑥 끼어들었다. 그 모습에 장수완이 동율 쪽으로 고개를 돌렸다.

동율은 자신을 향한 시선을 뒤로하고 곧장 대남을 바라봤다.

"어떻게 생각해요, 대남 씨. 사실 전 제 의견보다는 대남 씨의 의견을 더 들어보고 싶어요. 고난의 시대를 알아본 그 안목이라면 충분히 작품에 맞는 배우를 찾을 수 있을 거란 생각이 들어서요.”

동율의 말에 일순 회의실 내의 모두가 황당한 표정으로 대남을 바라봤다.

‘이 양반이 곤란하게 이 자리에서 그런 걸 나한테 물어보면…….’

그 순간, 대남의 눈앞으로 회의실의 풍경이 아닌 다른 모습이 비쳤다.

“이런 제기랄!”

쾅!

거한의 남자가 주먹을 말아 쥔 채 테이블을 부술 듯 내려쳤다. 그 앞에는 어쩔 줄 몰라 하는 김광수 팀장이 기립해 있다.

“야, 이 새끼야. 너는 알고 있었을 거 아니야, 진우 그렇게 되고 있는 거 말이야. 팀장이라는 놈이 제 새끼 하나 제대로 관리 못 해서 이 사달 난 거 어떻게 책임지려고 그래! 이제 막 스타 반열에 오른 놈이 인생 종 치는 거 보고 싶어!”

“죄, 죄송합니다. 대표님.”

“죄송하다는 말만 하면 지금 이 사달이 끝나? 지금 전화통에 불난 거 안 보이냐.”

대표라고 불린 남자가 곧장 유리 재떨이를 들어 김광수를 향해 던졌다. 다행히 김광수의 귓가를 스치고 지나간 유리 재떨이가 벽에 맞아 비산하듯 부서져 내렸다.

"이거 봐라, 지금 신문 일면에 온통 진우 이야기로 가득하다."

이번에는 신문을 집어 든 대표가 김광수의 면전을 향해 집어 던졌다. 피할 수 없어 얼굴이 벌게진 채로 신문을 받아 든 김광수의 시야에 신문 일면의 헤드라인이 눈에 띄었다.

[연예계 고질병 또 터지다! 스타 기획 소속 배우 '김진우' 필로폰 상습투약 적발.]

'……헙!'

공중에서 그 광경을 지켜보고 있던 대남은 저도 모르게 숨을 들이켰다.

"너 언제부터 알았어."

"……네?"

"진우, 그 새끼 언제부터 필로폰 투약하는 거 알았냐고. 그래도 명색이 팀장이라는 놈이 지가 관리하는 배우가 그 지경이 될 때까지 몰랐다고 하지는 않겠지."

대표의 말에 주춤거리던 김광수는 고개를 숙인 채 온몸을 떨며 대답했다.

"그…… 그게 사실은 진우가 저한테는 한 달에 딱 한 번 피로 푸는 겸 기분 전환 삼아서 한다고 걱정하지 말라고 해서……."

김진우의 주가는 날이 다르게 상한가를 기록하고 있었다. 한데 배우로서의 절정을 맞이한 이때, 이런 악재 중의 악재가 터져 버리다니 스타 기획 대표는 골치가 아프다 못해 썩어 문드러질 지경이었다.

그 고뇌는 일그러진 그의 표정에서 여실히 드러나고 있었다.

"내가 이런 개새끼를 팀장이라고 믿고 앉혀놨으니 이런 사달이 생기지. 아오."

이윽고 대표의 한숨을 끝으로 세상이 다시 좌우 반전되었다.

회의실 내의 이목이 대남에게로 집중되었다.

대남의 머릿속엔 온통 '필로폰 상습 투약 적발'이라는 신문기사의 문장이 맴돌았다. 자신에게로 향한 과한 시선을 묵묵히 받아내던 대남이 서서히 입을 연 것은 이진선 작가가 자리에서 일어날 때쯤이었다.

"지금 내 의견은 무시해 놓고, 함께 온 출판사 직원한테 주연배우 캐스팅 건에 관해 의견을 구하고 있는 겁니까?"

홍시처럼 벌게진 얼굴만큼이나 그녀는 열이 받은 듯했다. 어떻게 보면 드라마 판에서 산전수전을 겪은 베테랑인데 한낱 출판사 말단 직원한테 밀린 꼴이 되어버렸으니 말이다.

"그게 아닙니다. 여기 계신 김대남 씨는 여태껏 아무도 알아봐 주지 않았던 고난의 시대를 직접 발굴하고 빛을 발하게 해 주신 분입니다. 저에게 있어서는 그 어떤 누구보다도 안목이 뛰어난 사람이며 은인입니다."

동율의 말로 인해 다시 대남에게로 따가운 시선이 쏟아졌다. 이진선 작가 또한 대남을 바라보며 도대체 뭘 보고 저렇게까지 말을 하는 것인가 싶어 의아한 표정이다.

'그렇게 말을 해버리면, 내가 어떻게 말을 하라고.'

이미 목구멍 끝까지 김진우는 안 된다는 말이 튀어나오려 했지만, 마땅히 캐스팅을 거부할 만한 이유가 생각나지 않았다.

'필로폰을 투약하지 않느냐고 물어보면 내가 도리어 미친놈이 되겠지.'

김광수 팀장은 이미 대남을 바라보며 미간을 찌푸리고 있었다. 원작자도 아닌 한낱 출판사 직원한테 당신의 배우가 평가받는 것이 꽤나 기분이 안 좋은 듯했다.

"김대남 씨라고 했나요. 어서 빨리 말해보세요. 그쪽도 김진우가 주연배우로 낙점되는 것에 관해 찬성하는 의견인가요."

그 순간, 이진선의 닦달과 함께 대남의 머릿속으로 또 다른 기억이 빨려 들어왔다.

[필로폰 상습 투약 '김진우' 알고 보니 친일파의 자손……!]

[친일 배우 논란 '김진우' 그의 숨기고 싶었던 가문사.]

[스타 기획 엎친 데 덮친 격! 마약에 친일까지!]

먼 미래에 실릴 신문 기사들이 대남의 머릿속으로 차례로 들어왔다. 대부분이 김진우와 관련된 이야기였다. 네거티브성 짙은 기사가 아닌, 실제로 김진우가 친일파의 후손이라는 사실이 확인된 기사의 향연이었다.

'이거면 된다……!'

이윽고 정신을 차린 대남은 손을 움켜쥔 채 자신을 바라보는 사람들을 향해 서서히 입을 열었다.

"저는 일단 김동율 작가님의 의견에는 반대하는 입장입니다."

대남의 단호한 말에 동율의 표정이 일그러졌다. 그에 반해 미간을 찌푸리고 있던 이진선은 예상외라는 표정으로 물들어갔다. 의아함이라는 세 글자가 회의실 내를 가득 메운 가운데 대남은 계속해서 말을 이었다.

"고난의 시대를 원작자의 관점에서 바라본다면 주인공 한강수는 세상에서 가장 슬프고 한없이 안타까운 인물입니다. 제가 생각하기에 주인공 한강수 본인은 비극에 가득 찬 운명을 살았던 남자만은 아닙니다. 사랑하는 아내와 아들을 품에 안고 세상을 떠나는 그 순간까지, 그는 슬픔을 참아야만 했습니다. 당신이 울면 아내와 아들이 그 고통을 감내하지 못하리라는 것을 알았기 때문이죠. 저는 고난의 시대를 겪었던 한 가정의 가장으로서의 모습을 드러내는 것이 중요하다고 생각합니다. 그렇기에 감정을 과잉 연출하지 않으면서 절제된 내면 연기를 선보일 줄 아는 사람이 적합하다고 생각합니다."

대남의 말에 동율은 고민을 거듭했다. 어떻게 보면 고난의 시대는 본인의 이야기였기에 아버지의 역할을 아들이 바라보는 관점에서 해석했다고 생각할 수도 있었기 때문이다.

"말씀 중에 죄송합니다만, 배우 김진우는 절제된 내면 연기도 선보일 줄 아는 연기자입니다. 극단에서 연기를 배워왔고, 필모를 보시면 아시겠지만 여태까지 감정 연기를 요하는 역할만을 맡아왔기에 그런 선입견이 박힌 것입니다. 나 참, 출판사 직원이 연기에 대해서 알면 얼마나 안다고 이러시는지 모르겠군요."

분위기가 김진우에게 안 좋게 돌아가는 것 같자, 김광수 팀장이 곧장 자리에서 일어나 대남을 쏘아보며 말했다. 대남은 그의 따가운 시선에도 불구하고 마지막 한 방을 준비했다.

"……결정적으로 김진우 씨가 배역을 맡으면 안 되는 이유는 하나 더 있습니다. 금양출판에서는 현재 고난의 시대를 비롯한 여러 가지 작품들의 영상화를 추진 중에 있습니다. 당연히 김진우 씨는 연기력을 인정받은 스타이기에 저희도 관심이 가는 배우였습니다. 한데 들리는 말로는 김진우 씨가 친일파의 후손이라는 말이 있던데 말이죠."

"뭐, 뭐야? 그게 정말인가! 김광수 팀장!"

한편에서 잠자코 말을 듣고 있던 장수완 PD가 대남의 말에 놀라 소리쳤다. 놀라기는 김광수 또한 매한가지였다.

"도, 도대체 어디서 그런 말을 듣고 온 겁니까!"

"부정은 안 하시는군요. 저는 일단 김진우 씨의 캐스팅에 관한 안건은 잠시 보류해 두는 편이 낫다고 생각합니다. 친일파의 후손이라는 말은 꽤 신빙성 있는 곳에서 흘러나온 정보니까요."

김광수의 안색이 눈에 띄게 안 좋아졌다.

"저 또한 김대남 씨의 의견에 동의하는 바예요. 돌다리도 두들겨 보고 건너라고 하잖아요. KBC에서 정부의 압박에도 불구하고 기획하는 장편 드라마를 주연배우 때문에 망칠 수는 없는 노릇이죠."

이때다 싶어 이진선이 나서서 중재를 해왔다. 대남은 속으로 마른가슴을 쓸어내렸다. 혹여나 김광수가 결단코 아니라고 잡아뗐다면 진흙탕 싸움이 될 게 뻔했기 때문이다.

"……알겠습니다. 작가님들에게는 죄송한 말씀이지만 오늘 회의는 이쯤에서 끝마치도록 하겠습니다. 그리고 김광수 팀장은 나 좀 따로 보고 가지."

어금니를 깨문 채 말을 하는 장수완 PD의 얼굴은 붉으락푸르락해 마치 도깨비를 방불케 했다.

"장수완 PD 입장에서는 믿는 도끼에 발등 찍힌 격이나 다름없으니 열이 받았을 거예요. 현대사의 비극을 겨냥한 기획 드라마에서 친일파의 후손이 주연을 꿰찼다는 게 알려지면 자칫했다가는 시말서로 끝날 문제가 아니라 모가지가 날아가니까요."

회의실을 빠져나오며 이진선은 대남과 동율에게 그렇게 말을 했다. 그녀는 내심 김진우가 주연에 낙점되지 않은 것이 마음에 들어 보였다.

"그나저나 이렇게 헤어질 게 아니라 커피라도 마시면서 다 같이 작품에 관해 말을 나눠보죠. 어차피 다음번에 여자 주연 캐스팅 때도 김동율 작가님과 제 의견이 대립할 수도 있으니까요. 방송국 놈들 없는 자리에서 허심탄회하게 이야기를 해보자고요."

그녀는 대쪽 같아 보이던 외양과는 다르게 털털했다. 대남과 동율은 그녀를 따라 방송국 인근에 위치한 다방으로 걸음을 옮겼다.

"동율 작가님하고 대남 씨가 느꼈을지는 모르겠는데, 사실 저 스타 기획 배우들 별로 안 좋아해요. 구설수도 많고 드라마국하고 결탁해서 자기네들 배우 꽂아주기 많이 하거든요. 드라마 판에 있다 보면 별의별 놈들을 다 만나게 되는데 스타 기획이 그중에서도 제일 가관이에요. 특히 김광수라는 그 사람은 로드매니저 생활도 얼마 안 해보고 바로 팀장 달아버렸어요. 그 사람이 스타 기획 대표 조카거든요. 사실상 술 상무나 다름없어요. PD들 만나서 룸살롱이나 드나드는 게 그 사람 업무예요."

스타 기획에 관한 이야기를 엿듣게 된 대남과 동율은 어안이 벙벙한 표정이었다. 그것도 그럴 것이 연예계에 관해선 문외한이나 다름없는 둘이었기에 연예계가 얼마나 더럽고 술수가 난무하는지 몰랐다.

"……배우 캐스팅에 관한 이야기를 나누자고 하셨는데, 마음에 점찍어 둔 배우라도 있습니까."

동율의 말에 그녀는 그제야 꼬았던 다리를 풀어내며 자세를 앞당기고는 입을 열었다.

"좀 전에 회의실에서 제가 여배우 캐스팅에 관한 건 양보를 해달라고 했잖아요. 원래는 작가님만 모시려고 했는데 방금 전 상황을 겪어보니 대남 씨도 함께 있는 게 좋을 것 같더군요. 이

자리로 조금 있으면 제가 염두에 둔 여배우가 올 거예요."

"네? 이 자리에요?"

방송국 인근의 다방이었기에 방송국 관계자들을 포함해 일반인들이 상당수 있었다. 이런 자리에 갑작스럽게 여배우가 등장한다면 혼란스러워질 게 뻔할 뻔 자였다.

하지만 대남의 그러한 생각을 읽은 것인지 그녀는 오히려 입가에 미소를 지으며 말했다.

"걱정하지 말아요. 지금 오고 있는 여배우는 아직 소속사도 없는 무명 배우니까."

"작가님, 그런데 왜 고난의 시대를 선택하셨는지 물어봐도 되겠습니까."

"음, 아팠던 근현대사를 관통하는 역사를 재조명하는 기획 드라마이니만큼 고난의 시대를 향한 대중의 관심은 뜨거울 거예요. 여태껏 대한민국 역사상 유례가 없었던 현대사(史)에 얽매인 이야기이니 도전하고 싶었어요. 설령 정부의 눈 밖에 난다고 하더라도 말이에요."

이진선은 커피를 마시면서 그렇게 말을 했다. 드라마 각본가로서는 최고의 커리어를 자랑하던 그녀가 위험부담을 감수하면서까지 '고난의 시대'를 선택한 이유는 그러했다.

앞으로는 다시 오지 못할 드라마의 새 지평을 자신의 손으로 열고 싶다는 도전 의식에서 비롯된 것이다.

"사실 금양출판에서 발간한 책들은 여러 가지로 방송가에서 뜨거운 이슈로 부상 중이에요. 작고하신 이규화 선생님의 '동녘의 꽃'과 김장우 감독의 '목스 녹스'는 이미 충무로에서도 관심을 보이고 있으니까요. 그건 그렇고 대남 씨는 지금 출판사 직원으로 일을 하고 있는 거예요? 난 또 풋풋해 보여서 대학생인 줄 알았거든요."

"대학생 맞습니다. 출판사 직원은 방학 동안 계약직으로 있는 거고요."

"대남 씨 대단한 사람입니다. 제 작품을 알아봐 줘서 하는 이야기는 아니지만, 출판사 일까지 하면서 고시 공부까지 하고 있으니 정말 대단하시죠."

갑작스러운 동율의 칭찬에 대남은 얼굴이 화끈해졌다. 그에 반해 맞은편에 앉아 있던 이진선은 마치 신기한 물건이라도 본 것처럼 흥미로운 표정을 지어 보였다.

"지금 오고 있는 여배우는 어떤 사람입니까?"

"카멜레온 같은 배우예요. 상황에 맞춰서 연기 색깔을 바꾸고 종국에는 자신의 내면마저도 바꿔버리는 사람이죠. 대학로에서 빛을 발하지 못하고 단막극을 전전하는 것을 제가 발견해서 지금 데리고 있고요."

이진선의 호언장담에 대남은 자못 궁금해졌다. 그녀 또한 숱한 드라마를 접하면서 여러 배우를 만나봤을 터인데 저 정도로 칭찬을 해주다니, 분명 보통 배우는 아닐 것이라는 생각이 들었다.

"아, 저기 오네요."

진선이 손을 들어 보였다. 다방 입구에 머리카락이 허리까지 기다랗게 늘어져 있고 커다란 잠자리 안경을 낀 여성이 서 있었다. 그녀는 진선의 손을 본 것인지 곧장 대남 쪽으로 걸음을 옮겨 왔다.

"안녕하십니까, 설수영이라고 합니다."

그녀는 꽤나 활기차게 인사를 했지만, 대남과 동율은 어안이 벙벙했다.

진선의 말대로라면 연기 색깔을 자유자재로 바꿀 줄 아는 카리스마 있는 여배우가 당도할 줄 알았건만, 설수영의 모습은 잘 쳐줘 봐야 촌부의 아낙과 별다름이 없어 보였다.

"대학로에서 연기를 하셨다고요……?"

"네, 서울로 상경하고 삼 년 동안 단막극을 해왔어요. 그러던 와중에 이진선 작가님 만나 뵙게 되었고요. 사실 이렇게 불러주실 줄 몰랐는데…… 지금도 식당에서 일을 하다 연락을 받은 거라 실감이 나질 않네요."

그녀는 드라마에 발탁된 것도 아니었지만 지금 이 자리에 와 있는 것만으로도 감격스러웠는지, 연신 미소를 지었다.

"기획사는 아직 없으시고요?"

"네. 사실 공채 탤런트 시험도 쳐봤는데 매번 낙방을 해서……."

그녀의 기죽은 목소리에도 불구하고 이진선은 여전히 팔짱을 낀 채 자신만만해 보였다. 도대체 설수영의 어떤 점이 유명 작가인 그녀를 저토록 사로잡은 것일까.

그런 의문이 대남의 머릿속을 휘몰아칠 때쯤, 또다시 다른 장면이 눈앞에 펼쳐지기 시작했다.

'여긴 대강당 같은데…….'

대강당 안으로는 정장과 드레스를 차려입은 남녀가 가득 자리했고, 그들의 이목이 쏠린 단상 위는 오색찬란한 화려한 스포트라이트가 비추고 있었다. 곧이어 대남의 귓가로 정체 모를 여인의 목소리가 들려왔다.

"KBC 드라마국 스태프님들과 PD님, 조연출님들. 제가 이 자리에 있기까지에는 수많은 사람의 공이 있었다는 것을 잊지 않고 있습니다."

단상 위에서 차분하게 수상 소감을 발표하는 그녀는 떨리는지 심호흡을 가다듬은 채 말을 이어 나갔다.

"저는 보잘것없는 대학로의 무명 배우였습니다. 서울로 상경을 하고 나서 수년 동안 단막극을 전전했지만 남는 것은 없었습니다. 오히려 생계를 유지하기 위해 식당 일과 궂은일을 도맡아 해야 했지요. 고향에서는 왜 되지도 않는 일에 미련을 가지고 붙잡느냐는 부모님의 성화도 있었지만……."

'……설마.'

이윽고 공중에서 그 상황을 지켜보던 대남은 놀랄 수밖에 없었다. 세련된 메이크업에 화려한 헤어스타일을 했지만 그녀는 틀림없는 설수영이었다. 촌스러운 앞머리와 잠자리 안경이 사라져 하마터면 몰라볼 뻔했다. 지금 그녀는 스포트라이트를 받으며 단상 위에 서 있었다.

'엄청 고급스럽게 생긴 외모였네.'

잎사귀에 가려진 그 외모를 알아보지 못했던 자신이 책망스러울 정도로 설수영은 고급스럽고 단아한 외모의 소유자였다.

"이제는 포기하고 돌아갈까도 생각했습니다. 오늘의 여우주연상의 영광은 마지막 기로의 끝에서 절 붙잡아주시고 여명의 시선의 윤서옥 역할을 맡게 해준 이진선 작가님에게 돌립니다. 정말 감사합니다. 앞으로도 정진하는 여배우가 되도록 하겠습니다."

말을 끝마친 설수영이 가슴팍을 손바닥으로 가린 채 대중을 향해 깊이 고개 숙여 인사를 했다. 대남은 그 순간에도 여러 가지 고민을 반복할 수밖에 없었다.

'여명의 시선, 그건 또 무슨 드라마야……?'

정신을 차린 대남은 조금 전 초능력을 통해 엿보았던 미래를 머릿속으로 정립하기 시작했다. 초능력은 대남으로 인해 바뀐 역사가 아닌, 고정된 역사를 보여주었다.

그렇다면 원래 고난의 시대라는 작품이 드라마화되는 일이 없었을 것이고 설수영은 결국 '여명의 시선'이라는 작품으로 공중파에 데뷔를 했을 터였다.

"작가님, 혹시 KBC에서 여명의 시선이라는 작품을 준비 중에 있나요?"

"……어, 대남 씨가 그건 어떻게 알고 있어요? 상부에서도 극비라고 하던데. 만약에 고난의 시대 같은 현대사의 비극을 관통하는 드라마가 흥행을 거둘 시, 그 차기작으로 여명의 시선이라는 작품이 물망에 오르긴 했어요. 아직 확정된 건 아니고요."

대남은 곧장 시선을 돌려 설수영을 바라봤다.

조금 전 스포트라이트를 받으며 여우 주연상 수상 소감을 발표하던 고급스러운 여배우가 아닌, 촌스럽기 그지없어 보이는 여자였지만 이미 그 저력을 봐버린 대남이었다.

"설수영 씨가 고난의 시대 여자 주연 역할을 맡았으면 하네요."

대남의 말에 당황한 것은 설수영뿐만 아니라 이진선 작가와 동율 또한 마찬가지였다.

"아, 그냥 느낌이 그렇다는 거예요. 왠지 설수영 씨가 고난의 시대에 함께해 준다면 엄청난 힘이 될 것 같아서요. 정확한 판단은 연기 테스트를 보고 PD님과 작가님들이 결정하시는 문제겠지만……."

"역시 대남 씨는 눈썰미가 좋아. 아까 회의실에서도 보통 사람은 아니라고 생각했는데 말이야."

이진선은 흡족한 듯 소파에 몸을 기댄 채 미소를 지었다. 설수영은 조금 전 자신을 칭찬한 대남을 유심히 쳐다보며 어안이 벙벙한 표정이었다.

이윽고 이진선이 자세를 고쳐 앉고 대남을 바라보며 재차 물었다.

"맞다. 대남 씨, 고시 준비하고 있다고 했지? 차라리 기획사나 방송국 쪽에서 일해보는 게 어때? 방송국에 어울릴 것 같은 과라서 하는 말이야. 시험은 합격할 거 같아?"

"자신 있어요."

"오, 자신감이 좋은데. 무슨 고시인지 물어봐도 될까. 임용고시? 선생님 되는 거야?"

이진선의 질문에 대남은 고개를 저어 보이며 말했다.

"아뇨, 사법 고시입니다."

어느새 삼월이 도래했다. 매서웠던 북풍한설조차 새 학기를 맞이한 봄날의 교정은 이기지 못했다. 신입생들의 우스갯소리로 북적여야 할 한국대학교 법학부에는 흉미로운 소문이 감돌았다.

"재라며, 우병구랑 싸움 난 애가. 그 전국 수석에 주식으로 오십억 원 벌어들인 2학년 맞지?"

"어, 방학 동안 한판 했다고 하더라. 뭐 자기들끼리 사법 고시를 가지고 싸웠다는데 우병구는 낙방한다에 걸었고, 재는 자기가 합격한다고 소리쳤다고 하더라."

"뭐어? 초시에 합격을 한다고? 지나가는 개가 웃겠다."

대남이 법학관을 지나갈 때마다 수군거리는 소리가 들렸다. 이미 방학 동안 우병구와 있었던 일은 그날, 독서실과 청명제에서 고시 공부를 했던 이들의 입소문을 타고 파다하게 퍼진 상태였다.

"대남아, 이제 1차 시험도 얼마 안 남았는데 휴학 안 해도 되는 거냐?"

이미 졸업을 연기하고 청명제에서 고시 공부에 여념이 없는 서찬구는 걱정스레 대남에게 물었다.

지금 당장 휴학계를 써내고 사법 고시에 전념을 해도 1차 시험에 합격할까 말까 한데 대남은 아무런 걱정이 없어 보였다.

"걱정하실 필요 없어요. 그나저나 우병구 선배는 요즘 안 보이네요. 청명제에서 공부하고 있는 거 아니었어요?"

"아, 그놈. 들리는 말로는 사법연수원생들 대상으로 족집게 과외를 받고 있다고 하더라. 아무래도 이번 기회에 대남이 네 코를 완전히 납작하게 만들려는가 보다. 아마도 그놈 꽤 지독한 면이 있어서 공증받은 조건에 관해서는 목에 칼이 들어와도 지킬 거다."

"잘됐네요."

"뭐? 인마, 너 학교 그만둬야 할 수도 있어. 아무리 돈이 많다고 해도 한국대학교를 수석으로 입학했는데 졸업장이 아깝지도 않냐."

서찬구의 걱정에도 대남은 그저 미소를 지어 보일 뿐 말을 아꼈다. 대남이 계속해서 강의에 참석하자, 항간에는 사법 고시를 포기했다는 소문도 돌았다.

제아무리 전국 수석이라고 할지라도 사법 고시의 위명 앞에서는 어찌할 도리가 없기 때문이다.

"자네, 갑자기 왜 마음을 바꾼 것인가."

이 학년에 오르고 나서 다시 만난 나 교수는 이전처럼 대남을 흥미롭게 바라보고 있었다. 새 학기 면담을 가장해 대남과 만난 나 교수는 의문스럽게 물었다.

"저는 마음을 바꾸지 않았습니다."

"흠, 그게 무슨 소린가. 학과에서 들리는 소문으로는 자네가 우병구랑 싸움이 났다지. 사법 고시의 합격 여부를 걸고 크게 내기를 걸었다고 하던데……."

일전에 대남에게 법조인이 되라며 회유를 했던 나 교수로서는 크게 마음이 상했다. 자신의 거듭된 권유에도 불구하고 거부했던 일이 한낱 말싸움으로 인한 내기로 성립되다니 어이가 없었다.

"사법 고시에 합격하더라도 교수님이 바라는 법조인이 될 생각은 없습니다. 초록동색(草綠同色)이라고 했습니다. 법조계에 적(籍)을 두고 있는 수많은 법조인 중 교수님과 연관이 있는 분들은 대부분 고위 자리를 꿰차고 앉으셨죠. 대기업과 연결을 지어주는 것이 과연 검찰을 위한 것일까요. 답은 교수님께서 더욱 잘 알고 계시지 않습니까."

"내 주위는 같은 색상을 가진 친구들로 가득하지. 하지만 그게 뭐가 어떻다는 건가. 지금 대한민국을 움직이고 있는 이들이 바로 그들인데 말이야. 주류(主流)가 되어야지, 부속품이 될 필요는 없지 않은가. 자네, 정말 인권 변호사라도 하려고 그러는 건가?"

나 교수의 물음에 대남은 대답을 하지 않고 오히려 반문했다.

"제가 애초에 뭐라고 했습니까?"

"……."

생각을 하던 나 교수가 입을 연 것은 대남이 고개를 숙이며 자리에서 일어날 때쯤이었다.

"……설마 자네, 정말 법조인이……."

대남은 그렇게 말을 하는 나 교수를 향해 나지막이 마지막 말을 남기고는 방을 나섰다.

"네, 추호도 없습니다."

사법 고시 1차 시험 당일, 고사장은 그 초입부터 분위기가 고조되어 있었다.

사법 고시의 첫 관문이라고도 할 수 있는 1차 시험이었지만 수년 동안 거듭된 낙방 끝에 다시금 도전하는 고시생을 비롯해 초시생까지 두루 섞여 있었다.

"준비는 다 되었나요?"

그래도 사수를 맡았던 정이 있는 것인지, 석혜영 대리는 바쁜 대남의 부모님을 대신해 고사장까지 직접 마중을 나와 줬다.

"1차 시험인데 준비랄 게 딱히 필요하겠습니까."

어찌 보면 광오하다고 생각할 수 있는 대답이었지만 여태까지의 대남의 행보를 생각하면 그다지 무리라고도 생각되지 않았다.

고사장 안은 형용할 수 없는 기운이 감돌고 있었다. 학력고사와 같이 대학교 입시를 결정짓는 문제가 아닌 인생의 향방을 결정짓는 일생일대의 시험이었기에 숨통을 조이는 그 압박감은 차원이 달랐다.

"너도 이 고사장이었냐."

자리에 앉으니, 익숙한 목소리가 귓가를 때렸다. 목소리가 들려오는 방향으로 고개를 돌려보니 그곳에는 우병구를 포함한 청명제의 선배들이 있었다.

"재수가 없으려니까, 별의별 놈하고 다 같은 고사장이 되네."

우병구는 그 말을 끝으로 준비해 온 자습서를 읽어 내려갔다. 대남은 대꾸도 하지 않았다.

다들 신경이 곤두서 있는 고사장에서 소란을 피울 수도 없는 노릇이었고 시험 결과로 답을 내주면 될 노릇이었다.

사법시험 일차 과목을 대대적으로 개편한다는 소문이 들려오는 시기였기에 시험에 임하는 고시생들의 의지는 그 어느 때보다 불타올라 있었다.

만약 이번 시험을 놓쳤다가 일차 과목이 개편이라도 된다면, 고시 공부의 방향을 전면적으로 변경해야 될지도 모르는 일이었기 때문이다.

그렇게 고시생들의 긴장감이 과열되어 가는 순간, 고사장의 감독관과 시험용지가 차례로 도착을 했다.

1차 시험 과목의 경우 헌법·민법·형법·경제학개론·문화사·국사 등 6개의 필수과목과 2개의 선택과목(법과선택, 언어영역선택)으로 나뉜다.

상대적으로 2차 시험에 비해 난이도가 낮은 1차 시험이었지만 법무부에서는 '동년 사법시험의 일차 과목의 난이도는 예년보다는 다소 높다'라고 시험 전에 발표했다.

법률 저널에서도 이번 사법 고시는 1차 시험의 난이도가 상당히 높을 것이라 예견했다.

'역시 생각보다 꽤 난이도가 높네.'

헌법 과목 시험지를 받아 든 대남은 그렇게 생각을 했다.

예년의 시험을 생각하고 왔더라면 낭패했을 만큼 난이도가 대폭 상승해 있었다. 아무래도 1차 시험이라는 거름망에 많은 인원수를 감별하려는 법무부의 판단 같았다.

고사반 내 모두의 손이 주춤거리는 가운데, 대남의 손만이 재빠르게 답을 풀어나갔다.

대남은 한 번의 망설임도 없이 OMR 용지에 마킹했다. 어차피 1차 시험이 얼마나 어려워졌든 간에 대남의 역량을 넘어서지는 못했다.

땅거미가 질 무렵이 돼서야 사법 고시 1차 시험이 끝에 다다랐다. 마지막 시험용지를 반납함과 동시에 여기저기서 한탄 섞인 한숨 소리가 터져 나왔다.

긴장한 탓에 화장실로 달려간 이들도 부지기수였다.

대부분이 역대급이라고 표현해도 좋을 만큼 어려웠던 1차 시험에 분을 토하듯 이야기를 나누고 있었다. 그건 우병구가 속해 있는 청명제라고 다를 바가 없었다.

"병구야, 너무 어렵지 않았냐. 법무부 새끼들 무슨 약이라도 처먹은 거 아니야? 1차 시험에서 도대체 얼마나 거르려고 작년보다 난이도를 이렇게 높이 올렸냐……. 아오, 합격은 할 거 같냐?"

"……아마도 합격은 하겠지. 그런데 네 말처럼 난이도가 높기는 하더라."

대한민국 수재의 집합소라 일컬어지는 한국대학교 법학 고시반도 이번 1차 시험에서 물먹은 이가 많아 보였다.

우병구 또한 예상외의 시험 난이도에 주먹을 말아 쥔 채 부르르 떨고 있었다.

그 순간 고사반의 뒷문을 통해 서찬구가 모습을 드러냈다.

"대남아, 시험 잘 쳤냐."

다른 고사반에서 시험을 친 서찬구는 1차 시험이 끝나자마자 대남이 있는 반으로 달려왔다.

그 모습에 우병구의 시선이 대남에게로 향했다. 아무래도 대남의 대답이 궁금한 듯 보였다. 이윽고 대남은 우병구의 시선을 의식하지 않은 채 아무렇지 않게 말했다.

"쉬웠어요."

꽃피는 춘삼월이 찾아오자 교정에는 벚꽃이 만개할 준비를 하고 있었다.

다른 학생들은 노상에서 막걸리와 소주를 마시며 신학기를 즐기기 바쁜 반면, 법학부는 다가올 사법 고시 1차 시험 합격자 발표로 인해 적막한 긴장감만이 감돌았다.

사법 고시 1차 시험의 경우 합격자만 발표할 뿐이지, 합격 등수와 점수에 관해서는 공개를 하지 않는다.

시비가 없도록 시험 성적을 공개하자는 말들이 항상 있어 왔지만 법무부는 1차 시험에 관해 성적을 발표하지 않는 것으로 입장을 고수했다.

"이게 말이나 되냐고!"

법학 고시반 청명제에서도 고함이 터져 나왔다.

사법 고시라는 시험 자체가 원체 그 난이도를 다른 고시와

궤를 달리했지만, 올해 사법시험은 그 1차 시험부터 난이도가 상상을 초월했다.

항간에는 법무부에서 사법 합격생들의 질을 높인다는 차원에서 거름망을 촘촘히 한 것이라는 말도 돌았으나, 그 진위 여부를 판가름할 수는 없었다.

"내가 도대체 왜 떨어진 건데……."

합격자 명단에 자신이 없는 것을 확인한 청명제 학우가 낙담한 듯 말했다. 그 모습을 곁에서 지켜보던 다른 이들은 마른 입술을 쓸어낼 수밖에 없었다.

사법 고시 1차 시험에 합격한다고 하더라도 2차 시험이 남아 있었다.

여태껏 사법연수원을 거쳐 간 연수원생들의 말에 따르면, 사법 고시 2차 시험은 1차 시험보다 체감 난이도가 오십 배 이상 높다고들 했다.

더군다나 사법 고시는 소위 상대평가를 하는 경쟁시험이었다. 불같이 1차 시험에 합격하고 온 이들은 대부분이 호락호락하지 않은 경쟁자일 것이기에, 지금부터 본경기가 시작된 것이나 마찬가지였다.

"대남아, 축하한다."

"뭘요, 선배도 합격했잖아요."

서찬구가 대남의 어깨를 두드리며 다가왔다. 그는 대남의 말에 머쓱한 표정을 지어 보였다.

“아무리 그래도 넌 대단하다. 나야 뭐, 삼 학년 때부터 준비했으니 1차 시험 붙는 게 이상하지 않다고 쳐도, 넌 이번에 초시였잖냐. 대단해. 준비 기간도 얼마 되지 않았고.”

“말했잖아요, 쉬웠다고.”

“새끼, 만약 내가 떨어진 상태에서 그 이야기 들었으면 네 멱살 한번 잡았을 거다.”

법학관은 희비가 교차하는 학생들로 인산인해를 이뤘다. 법학도의 최종 꿈이자, 법조인으로서 살아가기 위한 청사진의 시작이 바로 사법 고시의 합격 여부였다.

그렇기에 눈물을 훔치는 이들도 있는 반면 기뻐서 길길이 뛰는 이들도 있었다.

“그건 그렇고 우병구 그 자식도 합격했다고 하더라.”

“그래요?”

“아무렇지도 않나 보네. 뭐, 하기야 내기의 조건은 네가 사법 고시에 합격하냐 못 하냐에 달린 문제였으니. 우병구 그 자식은 대남이 네가 합격했다는 소식 듣자마자 곧장 과외 하러 갔단다. 꼴에 자존심은 있어서 너한테 지는 게 죽기보다 싫은가 보더라. 그런데 대남아, 괜찮겠냐. 1차 시험은 합격했다 치더라도 2차 시험은…….”

서찬구는 뒷말을 흐렸다. 그것도 그럴 것이 2차 시험은 대개 수년의 준비 기간을 거치고 나서도 합격이 어려운 실정이었다.

기본적으로 청명제의 선배들은 삼 학년부터 시작해서 수년 동안 2차 시험에 매달린다. 초시생의 동차 합격이란, 합격률이 소수점일 정도로 있을 수 없는 기적 같은 일이라 치부되었다.

"왜요? 제가 못 붙을 거 같아요?"

"인마, 상식적으로 2차 시험은…… 청명제에서도 삼 년은 붙잡고 있어야 그나마 한 가닥 희망이 보일 정도다. 너도 알겠지만, 사법 고시란 시험이 두뇌도 뛰어나야겠지만 그 절대적인 공부량 때문에 노력과 시간이 필요해."

"음…… 청명제에서 암암리에 나눠 주는 2차 문제지 있죠. 그거 한번 줘보세요, 제가 풀어볼게요. 만약에 못 풀면 선배 원하는 워크맨 하나 사 드릴게요."

"……뭐어? 야, 그거 난이도가 꽤 어려워. 괜찮겠냐."

대남의 말에 서찬구는 입가에 숨길 수 없는 미소를 지어 보였다.

청명제에서는 한국대학교 출신 법조인들과 과거 사법시험의 출제 위원이었던 원로들이 이따금씩 2차 시험에 관한 문제를 만들어 배포하고는 했다.

다만, 본시험보다 더 꼬아 냈다고 평가될 정도로 극악의 난이도인지라 제대로 풀 수 있는 이는 그다지 없었다. 대부분이 출제자의 모범 답안을 보고 공부하는 수준에 그쳤다.

"일단 헌법에 관한 것만 가져와 봤다. 외부로 유출되면 안 되니까, 이 자리에서 곧장 풀어봐라. 시간은 얼마나 주면 되겠냐."

서찬구는 2차 시험에 해당하는 과목 중 가장 어렵다고 평가되는 헌법 영역을 들고 나왔다. 기고만장한 후배에게 현실의 벽을 깨닫게 해줌과 동시에 워크맨을 얻을 수 있다는 기쁨이 메아리쳤다.

"삼십 분만 줘요."

"뭐? 삼십 분? 인마, 그거 청명제 내에서도 제대로 푼 사람 없다. 반나절을 붙잡고 있어도 헤매."

서찬구의 말에도 대남은 대답하지 않고 문제지를 내려다봤다.

80년대 중후반을 기점으로 최근까지 헌법재판소의 다양한 판례가 나타나고 있는 시점이었다. 그렇기에 헌법 과목을 공부함에 있어 여러 가지 판례들을 비교해 보고 답안지를 작성하는 것이 유리했다.

하지만 누적된 판례들의 숫자는 범인으로선 암기할 수 없을 정도의 양이라 고시생들 사이에서도 헌법 과목이 제일 고비라는 것이 중론이었다.

[A당 소속 비례대표 의원인 甲이 자신이 소속된 A당이 비민주적인 방법으로 운영되고 개선의 의지가 보이지 않는 비법을 자행하는

당임을 알고 탈당했다. 그리고 그와 관련한 내용을 폭로하였다. 이는 공직 선거법에 위반되는 행위이므로 A당 전체가 내부감사를 받게 되는 일을 초래하게 했다. A당 측에선 설령 비법 행위가 드러난다 하더라도 일부의 문제라고 주장하며 오히려 甲을 본당의 명예를 훼손하고 실추시켰다며 고소를 했다. 이로 인해 초래될 憲法的 評價(헌법의 평가)는 어떻게 되겠는가.]

헌법적 관점에 따라 여러 가지로 해석될 수 있는 문제였다. 여태껏 헌법재판소에서 내린 판례에 따라 답과 견해가 달라질 수 있으며, 정치적인 사안을 헌법에까지 끌어당겨 고시생들로 하여금 오류를 유발하게 했다.

"꽤 꼬아서 낸 문제네요."

대남은 그 말을 끝으로 문제의 해답을 적어나가기 시작했다. 서찬구는 자신이 반나절을 들여다보고 있었어도 적지 못했던 답안지에 장구한 법률과 판례들, 그리고 주석까지 참조해 휘적여 가는 대남의 모습에 혀를 내둘렀다.

"여기요."

정확히 삼십 분이 흐른 뒤, 대남은 작성한 답안지를 서찬구에게 건넸다. 믿기지 않는다는 듯 서찬구는 놀란 토끼 눈을 한 채로 답안지를 읽어 내려갔다.

얼마나 시간이 지났을까. 총 석 장의 답안지를 끝까지 읽어 내려간 서찬구가 기함하며 뒤로 넘어지듯 주저앉았다.

그의 왼손에는 대남이 건넨 답안지가, 오른손에는 문제의 출제자가 낸 모범 답안이 들려 있었다.

"어, 어떻게. 말도 안 돼."

서찬구는 고개를 거세게 흔들어 보였다. 제아무리 대남이라 할지라도 이번만큼은 쉽게 넘어가지 못할 것으로 생각했다. 한데 오산이었다.

'모범 답안보다 대남이의 강평(講評)이 좀 더 정확하고 세밀해.'

모범 답안은 말 그대로 일종의 가이드라인에 불과했다. 청명제 고시생들을 대상으로 만들어진 모범 답안이었기에 세세한 판례들은 일부러 적지를 않았다.

고시생들에게 직접 찾아가며 공부를 해나가라는 출제자의 혜안 때문이었다.

한데 대남은 판례집을 찾아보지도 않고 앉은자리에서 수많은 판례를 정리해 해답을 적어나갔다.

이윽고 주저앉아 있던 서찬구가 급히 자리에서 일어나 대남의 손을 마주 잡으며 말했다.

"대남아, 나 좀 가르쳐 줘라."

한국대학교 법학 고시반, 청명제에 이상한 기류가 흐르기 시작했다.

사법 고시 1차 합격생에 한해, 대남이 직접 답안지에 첨삭을 해주고 있었기 때문이다.

처음에는 본인들보다 후배한테 가르침을 받는다는 것이 꺼려졌던 청명제의 선배들 또한 대남의 실력을 알아보고는 오히려 부탁할 지경에 이르렀다. 물론, 이 모든 원인의 제공자는 서찬구였다.

"대남이가 웬만한 사법연수원생보다 낫다니까."

"야, 네가 그 후배 아끼는 건 알겠는데 말이 되는 소리 좀 해라. 사법 고시 1차 시험 합격했다고 해도 그게 다가 아니라고. 2차가 진짜인 건 너도 알지 않냐. 대남이 그 녀석이 꽤 똑똑하기는 해도 네가 평가한 정도는 아니야."

대부분이 처음에는 대남의 실력을 믿지 못했지만, 앉은자리에서 풀어낸 2차 문제지의 강평으로 인해 그 시선이 바뀌는 것에는 시간이 얼마 필요하지 않았다.

또한 선생의 입장에서 후학에게 가르침을 주는 것이 아닌, 동급의 경지에서 첨삭해 주는 것이었기에 점점 청명제에서도 대남에게 호의적인 선배들이 늘어나고 있었다.

물론 우병구와 함께 다녔던 이들은 여전히 대남을 싫어했고, 아니꼬워했다.

“저 새끼는 여기 왜 있어.”

오랜만에 학교를 찾았던 우병구는 저가 그렇게 보기 싫어하던 낯짝을 보고야 말았다. 바로 청명제의 고시반에 앉아 있는 대남이었다.

“대남이는 청명제 명예 회원이다. 민주적인 투표로 결정한 거니까 토 달지 마라. 병구 넌 청명제도 자주 안 나오고 혼자 과외받고 다니지 않냐.”

서찬구의 말에 우병구가 잔뜩 화가 난 표정으로 대남을 한 차례 노려보고는 고개를 돌렸다.

그가 오늘 청명제를 찾은 이유는 간단했다. 분기마다 한 번씩 나오는 원로 교수님들의 모의 2차 시험문제지를 받아가기 위해서였다.

제아무리 족집게 과외를 받고 있다고는 해도 현직에서 출제위원이셨던 원로 교수님들의 문제만큼 달콤한 과외는 없었다.

“야, 근데 너희들 뭐 보는 거냐. 2차 모의 문제 아직 안 나왔냐.”

“그거, 네 사물함에 넣어놨으니까 알아서 가져가.”

자신의 말에도 듣는 둥 마는 둥 하는 친구들의 모습에 우병구는 화가 날 뻔했으나 속으로 참으며 사물함으로 다가갔다.

사물함에서 문제지를 꺼낸 우병구는 그대로 몸을 돌려 밖으로 나가려고 했지만, 시선을 잡아끄는 것이 있었다.

"이건 뭐냐. 내 것하고 다른데?"

"아, 그거 새로 나온 헌법하고 형법 문제지다."

우병구는 친구들이 풀고 있는 문제지가 자신 것과 다르다는 사실에 미간을 찌푸렸다.

"새로 나온 게 있으면 나도 줘야 할 게 아니냐, 이건 교수님들이 낸 문제 아니냐."

친구에게 문제지를 뺏다시피 해 읽어 내려간 우병구는 헌법과 형법의 문제 수준에 속으로 놀랐다. 여태까지 원로 교수님들이 내주신 문제보다 퀄리티가 나아 보였기 때문이다.

더군다나 원로 교수님들이 과목마다 한두 문제를 내주는 것에 반해 이 문제지에는 고시생들의 입맛에 맞춰 여러 가지 형태의 문제가 마련되어 있었다.

"이거 어느 교수님이 내주신 거냐, 엄청난데……! 그런데 나한테는 왜 안 주고 너희들끼리 보고 있냐. 이러고도 같은 청명제 맞냐. 아오, 쪼잔한 새끼들. 내가 과외받는 게 그렇게 배알 꼴리면 너희들도 부모를 잘 만나든가!"

"그만해라, 병구야."

"서찬구, 너 이 새끼는 저 새끼랑 붙어 다닐 때부터 알아봤어. 동기는 챙기지 못할망정 후배를 챙기고 자빠졌네. 이거 어느 교수님이 내주신 거냐, 나 이렇게는 못 넘어간다. 청명제 소속도 아닌 놈이 원로 교수님들이 내주신 문제를 풀고 있다는 게 말이 되냐고!"

대남이 아무 말 없이 한편에서 공부를 하고 있자 우병구는 열을 받은 듯 소리쳤다.

이렇게 우병구가 목에 핏대를 세우며 고함을 지르고 있는 와중에도 대남은 별다른 반응 없이 공부에 집중하고 있었다.

오히려 서찬구가 우병구를 바라보며 어이없다는 듯한 표정을 지어 보이며 말했다.

"그거 대남이가 만든 거야."

"……뭐?"

"네 손에 들린 문제지, 대남이가 만든 거라고."

서찬구의 말에도 상황 파악이 안 되는 우병구였다.

손에 들린 문제지가, 저기 앉아 있는 김대남이가 만든 거라고……?

"야, 이 새끼야. 말이 되는 소리를 해라. 내가 사법 고시를 몇 년이나 준비했는데 그깟 거짓말이 통할 것 같냐. 이 정도 수준의 문제를 만들려면 적어도 원로 교수님 정도는 돼야지. 개소리 좀 하지 마라."

우병구는 부정이라도 하듯 거세게 고함을 질러댔다. 문일지십(聞一知十)이라고, 저 또한 한국대학교 법학부에 입학했을 정도로 총명했으며 사법 고시에 수년을 얽매여 있던 사람이다.

그럼에도 불구하고 이런 수준의 문제를 만들어내라면 죽었다 깨어나도 할 자신이 없었다.

"저 새끼가 이 문제를 만들었으면 여기 청명제에 앉아 있을 게 아니라 지금 당장 사법연수원 들어가야 할 수준이지. 새끼들이 내가 1차 시험 붙고 과외받는 거 부러우니까 별의별 시답잖은 소리까지 다 지껄이네."

우병구는 그렇게 말을 하며 손에 들린 문제지를 땅바닥으로 내팽개쳤다. 그러고도 화가 덜 풀린 것인지 도끼눈을 한 채로 고시반 안을 훑었다.

똥이 무서워서 피하나, 더러워서 피하지.

청명제 학우들은 ST상사의 뒷배를 지고 있는 우병구와 눈이 마주치지 않으려고 다들 눈을 피했다.

"그만하시죠."

그 순간, 한편에서 공부에 몰두하고 있던 대남이 볼펜을 내려놓으며 일어났다.

"사법 고시 공부는 제대로 하고 계십니까."

"뭐?"

"청명제에서 이렇게 소란 피우실 시간에 2차 시험공부에 심혈을 기울이시는 게 낫지 않겠습니까. 그리고 선배 손에 들린 문제지는 제가 만든 게 맞습니다."

"이, 이 새끼가 거짓말을 하려면 제대로 칠 것이지. 내가 한낱 대학생이 만든 문제랑 원로 교수님들이 만드신 문제도 구별 못 하는 바보 천치로 보이나. 선배들이 오냐오냐해 주니까 여기가 네 세상 같냐."

대남의 당당한 태도에 우병구는 주춤거리며 말을 토해냈다. 다만, 저도 확신이 들지 않는지 연신 주위로 눈을 흘기며 친구들의 동태를 살폈다.

그 순간, 대남의 목소리가 우병구의 귓가를 파고들었다.

"부끄럽지도 않습니까."

"……."

"사법 고시에 임하는 이유 자체가 남들과는 다르겠지요. ST상사의 서자로 태어나 후계 구도에서 밀리는 것은 당연지사고, 가문에서 멸시를 당하지 않기 위해 법조인이 되려는 것 아닙니까. 남들 못 받는 비싼 과외를 받아가며 1차 시험에 근근이 합격하고, 끝에 청명제에서 나눠 주는 2차 시험문제지는 받고 싶어서 청명제를 탈퇴하지 않고 있는 것 아닙니까."

언어폭력이 있다면 이러할까. 대남은 여태껏 아무도 말하지 못했던 우병구의 치부를 들춰냈다. 대남의 말이 계속될수록 우병구의 표정은 붉으락푸르락해졌다.

"너, 이 새끼. 말이면 단 줄 아냐. 지금 말 다했냐?"

"아직 다 안 했습니다."

"뭐어?"

"지금 1차 시험 붙었다고 자랑하시던데 말입니다. 그 정도 돈을 들여가면서 과외를 받는데 떨어지는 게 비정상인 거 아닙니까? 그리고 2차 시험이 본경기나 마찬가지인데 이렇게 노닥거릴 시간이 있나요. 정말로 법조인이 될 생각이 있기는 한 겁니까, 아니면 그냥 가문에서 쫓겨나지 않기 위해 공부하는 겁니까."

"……!"

대남의 말에 우병구가 주먹을 말아 쥐며 달려들었다.

"그만해라, 병구야. 대남이 너도."

그 앞을 서찬구가 급히 막아섰다. 자칫했다가는 정말 싸움이 날 것 같았기 때문이다. 거친 숨을 몰아쉬던 우병구가 대남을 노려보며 말했다.

"내가 말했지, 너 사법 고시 떨어지면 어떻게든 학교에서 쫓아내겠다고. 아니, 마음이 바뀌었다. 학교에서 쫓아내는 수준이 아니라 인생을 끝장내 줄게."

우병구는 그렇게 말을 하고는 몸을 돌렸다. 대남은 멀어지는 그의 뒷모습을 바라보면서 아무렇지 않게 입을 열었다.

"그러시든지."

"대남 씨, 1차 시험 합격하셨다면서요. 축하해요."

"뭘요, 완전히 합격한 것도 아닌데."

대남은 사법 고시 2차 시험을 준비하는 와중에도 이따금씩 금양출판으로 출근하곤 했다. 아버지로서는 대남의 출근을 반대했으나 아들의 완강한 뜻을 꺾을 수는 없었다.

"2차 시험공부 중이에요?"

대남이 편집실에 앉아 차트를 계속 보고 있자 석혜영 대리가 의문스럽게 물었다.

"아니에요, 어느 회사의 재무제표예요."

"재무제표요……?"

증권감독원에는 상장된 기업들의 재무제표가 항시 등록되어 있다. 대남은 손익계산서와 현금 흐름표 등을 살펴보며 혀를 찼다. 대남은 몇 장의 재무제표를 들어 혜영에게 건네었다.

"한번 보실래요?"

"제가 본다고 뭘 아나요."

말은 그렇게 했지만 혜영은 대남이 건넨 재무제표를 훑어보았다. 이윽고 점점 읽어 내려갈수록 혜영의 눈동자가 커지기 시작했다.

"이거 항목마다 기재된 금액이 엄청 큰데요. 당년에 굴러가는 자금이 이 정도면 엄청 큰 기업인가 봐요."

"허울 좋은 대기업이기는 하죠."

"그게 무슨 말이에요……?"

"가짜 외화 외상 매출금(매출 채권)도 수백억 원에 달하고, 부실 자산 대손충당금인 수십억 원은 비용으로 처리하지 않았죠. 하물며 해외 관계회사의 지분법 평가손실 수백억 원을 손실로 반영하지 않고 누락시켰습니다. 이로 인해 당 기업의 투자 유가증권의 가치가 엄청날 정도로 과대평가된 것이죠."

"……."

석혜영은 대남이 말한 전문용어들을 이해하기 힘들었다. 일반인이 투명한 기업회계에 관해 관심을 기울이는 시대가 아니었고, 급진하는 경제의 성장 아래 수많은 기업이 나타났다 사라지기를 반복했기 때문이다.

"회계 정보는 단순한 수치가 아닌, 기업의 경제활동 결과를 보여주는 지표입니다. 그런 의미에서 이 기업은 한마디로 주가는 계속 올라가는 대기업인데, 그 실체는 동네 구멍가게와 별다를 바 없죠."

"……소설에나 나올 것 같은 이야기네요."

"그렇죠, 아직까지 대중에게 분식 회계와 관련된 사기들이 알려지지 않았으니 일반인 입장에선 이러한 사건은 자신과는 상관없는 다른 세계 이야기겠죠."

대남은 재무제표를 정리하며 자리에서 일어났다. 그러고는 미리 준비해 두었던 갈색 서류 봉투들을 가방에다 집어넣으며 말했다.

"오늘 지방에 계신 작가님들한테 계약서 보내는 날이죠?"

"아, 네."

혜영은 계약서를 챙기며 의아한 표정으로 대남을 바라봤다. 우체국을 가는 업무야 본래 자신이 하는 일이었기에 대남이 하지는 않았다. 대남은 그런 석혜영의 시선을 느꼈는지 입을 열었다.

"저도 보내야 할 서류들이 있어서요."

"서류요?"

"여러 군데 보내야 할 곳이 있거든요. 그건 그렇고 제가 저번에 ST상사 주식 팔라고 말씀드렸는데 팔았어요?"

"아, 네. 아버지가 사실 처음에 거부하기는 하셨는데 제가 오십억 원 차익을 내고 주식 칼럼지에 기고된 김대남 씨가 주신 정보라니까 곧장 파시더라고요. 근데 파시고 나서도 주가가 올라갔다고 잔소리 아닌 잔소리를 하기는 하셨어요……."

"잘하셨어요. 지금은 몰라도 나중에 아버지가 혜영 씨한테 크게 고마워할 겁니다."

알쏭달쏭한 대남의 표정에 혜영은 의아스러웠다. 대남은 그런 혜영을 바라보며 입가에 미소를 지을 뿐 다른 말을 하지 않았다.

이윽고 자리에서 일어난 대남이 손목시계를 바라보며 입을 열었다.

"이제 터뜨릴 시간이네요."

"대남아, 2차 시험 준비는 잘되어가고 있냐."

아버지가 대남을 바라보며 조심스레 물었다. 아들이 학교 공부와 병행을 하는 것도 모자라 주말에는 금양출판에서 살다시피 하는 탓에 공부할 시간이 없을까 봐서였다.

"걱정하지 마세요. 그나저나 KBC에서 고난의 시대는 잘 제작되고 있나요?"

"남자 주연을 캐스팅하는 문제 때문에 잠시 잡음이 나오기는 했지만, 결국 방송국 측에서 스타 기획이 아닌 중소 기획사의 신인 배우를 기용하기로 했다더구나. 작가들과 기획 PD가 직접 연기 테스트를 보고 허락했다고 하니 실력 하나는 믿을 만하겠지."

〈고난의 시대〉는 탄탄대로를 걷고 있다 해도 과언이 아니었다. 올겨울 편성을 목적으로 기획 단계부터 장편 드라마로 제작되어 대한민국 역사상 최초로 현대사의 비극을 관통하는 드라마로 방영될 전망이었다.

언론 측에서도 그에 관한 관심의 열기가 뜨겁다 못해 데일 지경이었다.

"고난의 시대가 잘되면 김동율 작가님은 말 그대로 돈방석에 앉게 되는 거네요."

"빛을 볼 때도 됐지. 어머니가 다니시는 대학 병원에 소아암 환자들을 위해 꾸준히 기부까지 하고 있다고 하더라."

"참, 복은 인생을 제대로 걸어가기만 해도 주어지는 것 같아요."

"그래, 나도 요즘 출판 시장이 다시 호황을 누리고 금양출판은 출판업계에서 선두를 달리고 있는 실정이니 기분이 날아갈 것 같구나. 불과 삼 년 전만 하더라도 이런 상황은 생각지도 못했었는데 말이야. 다 대남이 네 덕분이다."

대남은 아버지의 칭찬에 머쓱하게 웃어 보였다. 화와 복은 그 인물의 선과 악에 따라 각기 받게 되는 것이라 화복무문(禍福無門)이라 하였다. 복을 받는 이가 있다면 반대로 화를 받게 되는 이도 있을 터.

그 시각, 증권감독원(현 금융감독원) 기업 등록 부서의 김 국장은 자신의 앞으로 배달되어 온 서류 봉투에 등골이 서늘함을 느꼈다.

"이게 도대체……!"

증권거래소에 상장된 기업들의 연이은 부도로 인해 골머리를 썩이던 찰나였다.

그런데 서류 봉투를 열어 보니 그 안에는 요즘 한창 주가를 올리고 있는 ST상사의 분식 회계에 대한 정보가 줄지어 적혀 있었다.

회계 법인과의 유착 관계를 비롯해 ST상사 내부의 회계팀이 자행하는 분식 회계의 수법 등이 적나라하게 적혀 있어 내부 고발이 의심되는 서류였다.

"최 팀장, 빨리 들어오게!"

인터폰을 들어 거칠게 기업 등록 부서 최 팀장을 부른 김 국장이 머리를 동여매고 생각에 생각을 거듭했다.

이 서류 안의 내용이 진실이라면 증권가에 피바람이 불어도 모자랄 판국이다. 더군다나 내부 고발 서류의 말미에는 이렇게 적혀 있었다.

[이 서류들은 증권감독원을 비롯해 대검찰청 금융 조사국, 각종 언론사에 배포되었으니 ST상사와 연락을 취해 입막음을 하려고 한들 소용이 없을 것이다. 하루빨리 ST상사의 잔악무도한 분식 회계를 알리지 않는다면 다른 방법을 취할 것이다.]

"빨리, 빨리 기사를 찍어 내! 이거 특종이야! 특종!"

"무슨 일인데 편집장님이 저렇게 성화야?"

"못 들었어? 지금 국내 대기업 비리 문건이 각종 언론사에 익명으로 투고되고 있는 마당이라 먼저 조간신문으로 발행하는 놈이 임자야."

유수의 언론사들은 대남이 보낸 서류 봉투로 인해 야근을 감행하면서까지 기사 쓰기에 급급했다.

본래 같았으면 당 기업과 사실관계를 따져보고 기사가 차일피일 미뤄졌겠지만, 국내 언론사들 전부가 알고 있는 시점이었기에 진위 여부는 미뤄두고 특종을 내는 것이 시급했다.

"대남아, 혹시 ST상사라고 알고 있냐."

아버지의 입에서 갑작스레 ST상사의 이야기가 나오자 대남은 고개를 들어 쳐다봤다.

"그 기업은 왜요?"

"아, 이번에 ST상사가 그룹 규모를 늘리면서 계열사로 출판업계도 생각을 두고 있다는구나. 아무래도 과거 문인들의 재기와 더불어 흥행하는 작품들이 여럿 생겨나다 보니 출판 시장에서 유동되는 자금이 탐이 나는 거겠지."

"그래요? 처음 듣는 소린데."

"얼마 전에 ST상사 기획조정실 팀장이라는 사람이 찾아와서 음반, 테이프업을 비롯해서 육·해·공 화물 운송업까지 사업의 다각화를 추진하고 있다며 우리 금양출판과도 사업 협력 관계를 체결하고 싶다더구나."

문단에 황금기가 도래했다고 알려졌을 정도로 출판 시장의 규모는 점점 커지고 있었다. ST상사는 꾸준히 문어발식 운영을 통해 사업 규모를 늘려가는 데 중점을 두고 있었다.

사업의 다각화를 할 뿐, 전문성을 늘리지 않고 그저 분식 회계에 용이하게 몸집을 늘려가는 것이다.

"그래서 계약 체결하셨어요?"

"아니, 네 의견을 듣고 싶어서 유보했다. 이 아비도 이번 기회에 서울 중심부로 가서 사업을 크게 늘릴까도 생각해 봤지만 아무리 대기업이라도 출판업계의 사정에 대해 잘 알지 못하니……."

"잘하셨어요. 계약하실 필요 없어요."

"흠, 내가 알아보니 ST상사가 점점 몸집이 커가며 외신에서도 주목받는 기업이 될 가능성이 농후하다고 하던데 잘한 선택인지 모르겠다."

아버지의 아쉬운 소리에 대남은 단호히 입을 열었다.

"독이든 성배는 마실 필요가 없죠. 거기 이미 썩은 물이에요."

청명제에선 대남에 대한 신뢰도가 연일 상승하고 있었다.

대남은 같은 2차 시험 경쟁자들인 선배들에게도 헌법, 형법, 민법에 관한 문제지를 배포하는 것도 모자라 답안지를 첨삭해 주고 모자란 부분에 한해선 일대일로 개인 교습까지 해주었다.

"대남아, 난 그릇의 크기에 대해서 별로 생각해 본 적이 없는 사람인데…… 널 보니까 정말 타고난 천재들은 그릇이 다른 것 같다."

서찬구가 경외감 가득한 시선으로 대남을 바라보며 말했다. 그의 말마따나 대남은 애초에 선배들을 경쟁자라고 생각하지 않았다.

같은 1차 시험 합격자였지만 경쟁자라 치부할 수 없을 정도로 이미 그 수준이 달랐기 때문이다.

"이미 청명제뿐만 아니라 법학부 내에서도 너에 대한 칭찬이 자자하다. 전공 교수님들 사이에선 대남이 네가 백 년에 한 번 나올까 말까 한 천재라는 소리까지 나왔다."

"칭찬이 과하십니다. 그렇게 저 비행기 태우다가 제가 2차 시험 떨어지기라도 하면 어쩌실 겁니까."

"새끼, 농담하지 마라. 내가 몇 달 내내 너를 봐온 결과, 초시 동차 합격이 불가능하다는 이야기는 더 이상 안 믿기로 했다. 이런 말 하면 네가 부담스러울지도 모르겠는데…… 이미 청명제 내에서는 대남이 네가 2차 시험 떨어질 거라는 생각을 하는 사람이 없다. 널 싫어하던 우병구 친구 놈들조차도 니가 만든 2차 문제지 받고 싶어서 얼쩡거리던 거 못 봤냐."

서찬구의 말처럼 이미 대남이 만든 2차 문제지는 청명제뿐만 아니라 법학부 내에서도 그 존재가 유명했다.

문제의 수준은 과거 출제 위원이셨던 원로 교수님들이 내주신 모의 문제와 비견될 정도이고, 그 유형도 다양하니 소문이 안 나려야 안 날 수가 없었다.

"참, 우병구 이야기 들었냐. 그 유명하던 ST상사가 그럴 줄 몰랐지. 지금 온통 TV랑 신문에서 ST상사 이야기밖에 안 한다. 우리 아버지도 ST상사 소액주주셨는데 이번에 집단소송을 하니 마니 시끄럽더라."

ST상사는 요즘 언론사들의 보도에 직격타를 맞고 있는 중이었다.

내부 고발에 의해 폭로된 ST상사의 분식 회계는 그 규모가 수천억 원대에 달할 정도로 상상을 초월하는 경지였고 검찰과 증권감독원 측에서도 협조하에 수사를 진행하고 있다고 하니, 말 그대로 증권가는 폭풍 전야였다.

"그건 그렇고 병구랑 사법 고시 두고 내기 걸었던 조건 바꿔야 하지 않겠어. 네가 합격하면 병구가 ST상사 주주총회에 참석해야 할 텐데, 내년에도 ST상사가 있겠냐."

6월, 기말고사가 끝남과 동시에 시작되는 여름방학에 한껏 들뜬 대학생들로 가득해야 할 법학부에는 적막한 긴장감만이 감돌았다.

성큼 다가온 사법 고시 2차 시험의 압박에 고시생들은 '결전의 날'을 맞이하는 전사라도 된 양 얼굴에 비장함을 가득 머금고 있었다.

법학관은 오월 축제의 열기도 빗나갈 만큼 경직되어 있었다. 이 시기만큼은 그 누구도 소란스럽게 굴 수가 없었다.

장차 한국대학교 법학부를 빛낼 법조인이 탄생하는 시발점이니만큼 만전에 만전을 기하라는 것이 암묵적인 불문율이었다.

"대남아, 집에 안 가냐."

"잡지 좀 읽느라고요."

2차 고시가 얼마 남지 않은 시점, 대다수는 밤늦게까지 공부하지 않고 집으로 가 컨디션을 유지하기에 바빴다.

그러나 대남은 청명제에 끝까지 남아 잡지를 읽고 있었다. 그 모습이 신기한지 서찬구가 대남에게 물었다.

"시험 얼마 안 남았는데 태평하게 잡지 읽고 있는 고시생은 너밖에 없을 거다. 도대체 뭘 그렇게 열심히 읽는 거냐. 나도 좀 보자."

서찬구의 물음에 대남은 잡지를 흔쾌히 건넸다.

[고난의 시대 여주연 역할로 신예 배우 '설수영' 낙점.]

[사람의 매료시키는 얼굴의 소유자 설수영, 그녀는 누구인가.]

[흙 속의 진주? 낙하산? 설수영, 연기력 논란!]

"설수영이라, 나도 처음 듣는 이름인데. 근데 얼굴 하나는 고혹적으로 매력 있게 생겼네. 너 이런 스타일 좋아하냐?"

"아는 사람이라 그래요."

"뭐어?"

잡지 속에는 설수영에 관한 이야기가 가득했다. 드라마로 제작되는 고난의 시대는 방영 전부터 큰 관심을 받고 있었고 여자 주연으로 낙점된 설수영에게도 자연히 이목이 쏠렸다.

연기력 논란이야 본방송이 방영되면 잠식될 일이고, 잡지 속 사진에 나온 설수영의 모습은 방송 물을 제대로 먹은 것인지 그 미모에 물이 올라 있었다.

"새끼, 거짓말하기는. 네가 이렇게 이쁜 여자를 알고 있다면 부럽기야 하겠지만…… 지금으로선 아무 감흥도 없다. 만약에 사법 고시 떨어지면 어째야 할지 감도 안 잡힌다. 이번에 낙방하면 꼼짝없이 군대 가게 생겼거든."

"군대요?"

"몇 번 미뤄도 되는데, 아버지가 군대 다녀와서 그냥 가게 물려받거나 기업 들어가라고 성화시다."

"시험을 치지도 않았는데 벌써부터 떨어질 생각을 하면 어떡해요."

"만약, 만약이라는 게 있잖냐. 그런데 난 기업에서 일하는 것보다 법률사무소 쪽에서 일하고 싶거든. 너랑 같이 일하면 좋을 것 같긴 한데 말이다. 만약에 나 떨어지면 네 법률사무소에서 사무장으로라도 일하면 안 되겠냐."

"저 법률사무소 안 할 거예요."

"……법인이라도 들어가려고? 아니면 판검사 쪽 생각하고 있었냐."

"그럴 생각도 없어요."

"그럼? 사법 고시 왜 치는 건데……?"

여태까지 봐온 대남의 모습이라면 적어도 인권을 위한 변호사가 되거나 법망의 울타리 밖에서 법률의 손길이 닿지 않는 이들을 위해 일할 것 같았다.

한데 개인 법률사무소를 차리지 않는다는 말에 서찬구가 의아한 표정으로 물었다.

그 모습을 바라보던 대남이 의미 모를 표정을 지어 보이며 입을 열었다.

“자격증 따려고요.”

사법 고시 2차 시험 과목으로는 기본 3법인 헌법, 형법, 민법과 후4법인 민사소송법, 상법, 행정법, 형사소송법 그리고 국민윤리까지 총 여덟 가지 과목으로 시험을 치게 된다.

모든 시험은 서술형이며, 그 방대한 시험량 때문에 고시는 총 4일에 걸쳐 치러지기 때문에 ‘지옥의 행군’이라 불릴 정도로 강도가 높은 시험이다.

매년 유월 말이 되면 전국의 암자와 고시촌에서 수년간 실력을 갈고닦은 고시생들이 남루한 차림으로 고사장으로 향한다.

이들 중 합격의 영광을 안게 된 자들은 남루한 추리닝 차림을 벗어 던지고 법조인으로 탈바꿈해, 일등 신랑·신붓감이 되는 것이다.

“대남아, 나 떨고 있냐.”

“우황청심환 안 먹었어요? 하나 사다 줘요?”

“가방에 넣어 왔어. 아무래도 지금 먹어야겠다.”

고사장 입구에서 부모님과 헤어진 뒤 대남은 서찬구와 함께 고사장으로 걸음을 옮기고 있었다.

긴장한 모습이 역력한 서찬구는 급히 가방에서 우황청심환을 꺼내어 물도 마시지 않고 삼켰다. 그 순간, 옆에서 듣기 싫은 목소리가 불쑥 들려왔다.

"재수가 없으려니까, 꼭 거지 같은 것들만 만나네."

목소리가 들려오는 방향으로 고개를 돌려 보니 그곳엔 우병구가 서 있었다.

경멸 어린 시선으로 대남과 서찬구를 흘겨보는 우병구는 잔뜩 미간을 찌푸리고 있었다. 그 모습을 보던 서찬구가 손을 저어 보이며 말했다.

"병구야, 시험 치는 중요한 날까지 시비를 걸어야겠냐. 이럴 시간에 너네 회사나 신경 써라. 요즘 신문에서 연일 보도하는 바람에 모르려야 모를 수가 없다."

"이 새끼가, 주가 조금 떨어진 걸로 호들갑 떨지 마라. 그리고 지금 언론에서 말하는 분식 회계는 전부 경쟁사에서 퍼뜨린 허위 사실이니까……."

우병구 또한 자신의 말에 확신은 없는지 말끝을 흐렸다. 대남은 2차 시험 날까지 이렇게 현실을 깨닫지 못하고 언성을 높이는 우병구를 보며 관자놀이를 짚었다 뗐다.

"선배, 그냥 고사반으로 들어가죠. 여기서 저 사람하고 말씨름할 시간 없어요."

"뭐! 저 사람? 김대남, 너 이 새끼 이제는 위아래도 없는 거냐! 1차 시험을 요행으로 통과하고 나서 2차 시험문제지도 너 좋아하는 나 교수님한테 부탁해서 만들었겠지. 천재라고 치켜세워 주니 세상이 다 네 것 같지? 오늘이 네 제삿날인 줄 알아라. 이 시건방진 새끼야."

우병구가 크게 소리치니 옆에 있던 우병구의 친구들이 함께 눈을 부라리며 대남을 노려봤다.

부자는 망해도 삼 년은 간다고 하니, 아무래도 아직까지는 우병구에게 벗겨 먹을 것이 남은 듯 친구들이 남아 있었다. 대남은 그런 우병구 무리를 바라보며 안타깝다는 듯 입을 열었다.

"자기 주제에 맞게 사세요. 여태까지 선배 대우 해주면서 꼬박꼬박 존댓말 써주니까 안하무인처럼 사나 본데, 그렇게 사법 고시에 자신이 있으시면 나랑 내기 한 번 더 하든가. 예를 들어서 사법 고시에 떨어지는 사람이 마포대교에서 뛰어내리기라든가 말이야."

"……."

"그 정도 깡도 없으면 입 닥쳐, 이 새끼야."

갑작스러운 대남의 거친 어투에 우병구는 꿀 먹은 벙어리처럼 말을 잇지 못했다. 주먹을 말아 쥐며 부들부들 떨기는 했지만 어찌할 도리가 없었다.

이미 고사장으로 걸음을 옮기던 상당수의 고시생이 우병구를 바라보고 있었기 때문이다.

"대남아, 만약에 우병구가 네 제안 수락했으면 어떡할 뻔했냐."

"왜요? 제가 시험에 떨어지기라도 할 것 같아요?"

"아니, 우병구가 마포대교에서 떨어져서 죽으면 골치 아프잖냐."

서찬구는 내심 통쾌한 듯 계속해서 웃어 보였다. 우병구 덕분인지, 우황청심환 덕분인지는 모르겠으나 서찬구의 얼굴에선 긴장한 기색이 사라져 있었다.

이윽고 고사반 안으로 들어서니 1차 시험 때와는 다르게 사활을 건 고시생들의 집중력이 느껴졌다.

2차 시험을 치르는 이들은 대부분이 수년의 고시 생활을 겪어왔으며, 법조인이라는 푸른 꿈 아래 사법 고시에 청춘을 바친 이들이나 마찬가지였다.

"모두 지정된 자리에 착석해 주세요."

곧이어 감독관이 들어와 시험 설명과 부정행위에 관해 주의를 상기시키며 시험이 서서히 막을 올렸다.

오전 10시 정각이 되자, 사법 고시 2차 시험 첫 번째 과목인 '헌법' 시험지가 배포되었다. 대남은 헌법 시험지를 받아들어 한 차례 훑어보고는 생각했다.

'쉽네.'

4일에 걸쳐 치러지는 2차 시험은 극도의 집중력과 인내심을 요구한다. 지난 시험의 결과로 일희일비하며 시간을 허비하기보단 당장 코앞으로 다가온 다음 과목에 대해 공부를 하는 편이 나았다.

하지만 이미 첫 번째 날을 망쳐 버린 고시생들의 입장에선 말처럼 쉬운 일이 아니었다.

"대남아, 어떡하냐……. 나 헌법하고 행정법 실수한 것 같다."

예년 사법 고시 2차 시험의 평균 합격 점수는 60점을 상회한다. 그러나 1점 차이로 과목 과락을 당하는 경우도 비일비재했기에 대부분의 고시생이 과락을 면하는 것을 일차 목표로 삼을 정도였다.

더군다나 아직까진 유예 제도가 없어 2차 시험을 탈락한다면 익년에 1차 시험부터 다시 봐야 하는 불상사가 생기는 것이다.

"과락은 아닌 것 같죠?"

"장담은 할 수 없겠지만…… 과락은 아닐 거다."

"그럼 됐어요. 일단 지나간 과목은 잊고, 앞으로 다가올 법학 과목부터 집중하도록 해요. 제가 만든 요약집이에요. 삼 일 밖에 남지 않았지만 그래도 도움은 될 거예요."

대남은 자신이 직접 만든 후4법에 관한 요약집을 서찬구에게 건네었다. 아무리 그래도 2차 시험이 치러지고 있는 와중이었고 과한 도움이라 생각했던 서찬구는 극구 만류했지만 대남은 괜찮다는 듯 손을 저어 보이며 말했다.

"저보다는 선배한테 더 필요한 것 같아요."

대남의 친절에 서찬구의 눈동자가 감동으로 물들었다.

"고맙다, 대남아. 같이 꼭 연수원 가자……!"

폭풍과도 같은 4일이 금세 지나갔다.

'지옥의 행군'이라 일컬어지는 2차 시험을 치른 고시생들은 하나같이 기진맥진하였다.

고사장에선 마지막 상법 시험지를 제출함과 동시에 그동안의 고된 고시 생활이 끝났다는 것을 자축하듯 미소를 자아내는 고시생도 있는 반면, 시험 결과를 예측하며 미리 눈물을 쏟아내는 이들도 보였다.

유월의 하늘은 더없이도 청명하였다. 시험을 끝마치고 나온 고시생들은 고사장 입구에서 저들을 기다리고 있는 부모님이나 애인과 각각 재회했다.

"고생했다, 대남아."

아버지는 대남을 뜨겁게 안아주었다. 어머니는 옆에서 눈물을 훔치시기 바빴다.

"왜 울어요, 엄마."

대남은 눈물을 글썽이시는 어머니를 다독였다. 아직 사법고시에 합격을 한 것도 아니었는데 당신의 아들이 고된 고시생활을 겪으며 장장 4일 동안 시험에 임했다는 것이 어머니의 가슴을 울리게 했나 보다.

"오늘은 갈비 마음껏 뜯어보자. 하하."

아버지는 그런 어머니와 대남을 함께 부둥켜안으며 말했다. 사법 고시 2차 시험 합격자 발표일은 금년 구월이었기에, 그간 사법시험에 얽매여 있던 고시생들은 오늘 하루만큼은 해방의 기쁨을 맞이했다.

대남은 2차 시험을 치르고 난 뒤부터 꾸준히 금양출판으로 출근 도장을 찍었다.

"좀 쉬지 그러냐. 2차 시험도 치른 마당에 어디 여행이라도 한번 다녀오지그래. 제주도가 그렇게 좋다고 하던데. 제주가 멀면 부산도 좋고 말이다."

아버지는 그런 대남이 안쓰러운지 출근보다 여행을 다녀오는 게 어떻겠냐고 제안했다. 하지만 대남은 선뜻 자리를 비울 수가 없었다.

"곧 있으면 금양출판에서 공모전을 개최하잖아요, 준비하는 데 제가 빠질 수가 있나요."

"그건 그렇지만……."

"괜찮아요. 여행이야 나중에 다녀와도 되는 거고, 지금은 공모전 준비가 더 중요하잖아요. 이규화 선생님께서 저한테 부탁하신 일인데 마지막까지 책임지고 해내야죠."

금양출판에서 시행되는 공모전은 故이규화 선생의 유지에 따라 실시되는 것이었다.

문단이 과거 탄압당하지 아니했던 그 시절의 '황금기'를 되찾길 바란다는 그의 유언에 따라 대남은 공모전이라는 아이디어를 냈다.

"공모전 규모는 어느 정도로 개최할 생각이세요?"

"일단은 전국적으로 원고를 접수받고 개별 심사를 통해 작품들을 선별한 다음 시상할 예정이다. 상금은 총 삼천만 원으로 생각하고 있다. 이규화 선생님의 '동녘의 꽃'에서 나오는 인세를 포함해 금양출판에서도 자금을 내어 매년 개최해야겠지."

기존의 신춘문예는 기백만 원의 상금과 등단의 기회를 지니고 있다.

일반 사설 잡지에서 행해지는 공모전의 경우 상금이 없는 경우가 태반이었기에 상금과 등단의 꿈을 동시에 거머쥘 수 있는 신춘문예를 향한 문인들의 열망은 높았다.

"삼천만 원이라."

대남은 생각에 잠겼다. 삼천만 원이라면 서울 외곽의 아파트 한 채 값과 비교되는 가격이다. 더군다나 매년 진행되는 행사라는 점을 감안하면 상금의 규모는 비교할 곳이 없었다.

다행히 이규화 선생께서 남기신 인세와 재산 등이 많은 도움이 되었지만 금양출판 또한 문단을 위한 출혈을 감수한 결과이다.

"이규화 선생님의 유지에 따라 실행되는 공모전이니만큼, 문단의 신인을 발굴하는 것에 그치지 않고 대중에게도 문단이 살아 있다는 것을 널리 각인시킬 필요가 있어요. 그런 의미에서 상금을 올리시죠."

"흠, 지금도 적지 않은 금액이라……."

"삼천만 원이라는 금액이 거액이기는 하지만 대중에게 확실히 각인시킬 수는 없을 것 같아요. 문인들 사이에선 금양출판에서 주최하는 공모전이 유명해지겠지만 우리가 궁극적으로 원하는 것은 '문단의 황금기'잖아요."

대남의 말에 아버지는 고개를 주억거렸다. 삼천만 원이 적은 금액은 아니었지만 기천만 원에 달하는 상금을 걸고 시행되는 대회나 공모전이 아예 없는 것도 아니었다.

"아예 단위를 바꾸죠, 아버지."

"……단위를 바꾸다니?"

"총상금 일억 원. 이 정도는 돼야 책에 관심 없는 사람이라 해도 구미가 당기지 않겠습니까. 물론 상금에 필요한 금액은 제가 전부 지원해 드리겠습니다."

대남의 말에 아버지는 정신이 아찔해졌다. 일억 원이라면 분명 문학에 관심이 없는 사람도 고개를 돌려 볼 만큼 구미가 당기는 금액이다. 아들이 이미 수십억 원대의 부자라는 것을 알고 있었지만 아버지로선 대남의 속이 도통 이해가 되지 않았다.

"대남아, 네가 그만한 돈이 있다는 것을 알고는 있지만 너무 거액이다. 그렇게 쓰다가는 오히려 네게 독이 될 수도 있어."

아버지의 염려에 대남은 고개를 저어 보였다.

"괜찮아요. 이번에 돈을 꽤 벌었거든요."

"돈이라니……?"

대남이 여태껏 사법 고시 2차 시험을 준비했다는 것을 모르지 않는 아버지로선 이해가 되지 않았다.

"어디서 돈을 벌었다는 거니?"

아버지의 물음에 대남은 슬며시 준비해 두었던 주식 칼럼을 건네었다.

['영원할 것 같았던 ST상사의 신화, 황혼이 깃들다.']

['70년대 후반부터 정부의 해외 수출 정책 드라이브와 맞물린 사업을 펼친 ST상사는 눈부신 성장을 거듭했다.

외관상으로 보자면 대한민국 10대 기업에 이름을 올릴 수 있을 정도로 그룹의 규모가 커지고 있었다.

근래 들어서는 사업의 다각화를 꾀하기 위해 육·해·공 수출업을 비롯해 문화·예술계에까지 손을 뻗치려는 조짐이 보였으나, 이제는 그 허영 가득했던 신화가 막을 내릴 조짐이 보이고 있다.

17일 증권투자업계에 따르면 ST상사의 십수 년에 걸친 분식 회계의 정황이 증권감독원을 비롯해 각종 언론사, 그리고 대검찰청에까지 내부 고발되었다.

이로 인해 빗발 된 증권가의 암흑기는 블랙 먼데이를 연상시킬 정도였으며, 현재 ST상사의 주가는 하락에 하락을 거듭하고 있다.

조만간 상장폐지 수순을 밟으며 정리매매 단계로 들어갈 것이라는 것이 전문가들의 관측이다.

-주간N경제 기자 김광섭.-]

ST상사는 요즘 언론에서 가장 시끄럽게 보도되고 있는 이야깃거리였다. 주가가 연일 상승하던 대기업의 갑작스러운 분식 회계 정황에 대중은 놀라움을 감추지 못했고, ST상사는 기사의 말미에 적힌 그대로 하락에 하락을 거듭하고 있었다.

한데 이 기사가 도대체 대남이 돈을 벌었다는 것과 무슨 연관이 있는 것일까.

"이 기사가 왜……?"

곧이어 의문이 가득한 아버지에게로 대남이 입을 열었다.

"공매도(대주 거래)했어요."

- 7장 -

향방(向方)

뜨거웠던 여름이 점차 지나가고 있었다. 가을의 문턱이 성큼 다가왔지만, 월초에는 아직까지 더위가 남아 있어 잔서지절(殘暑之節)이라는 말이 어울리는 구월이다.

여름방학 동안 산이며 바다며 여행을 나갔던 이들과 자기 계발을 위해 끊임없이 수학을 했던 이들도 전부 떨어지는 가을의 낙엽을 고대하며 마음의 양식을 채울 시간인 것이다.

"대남 씨, 이 정도로 성공할 줄 알았어요?"

석혜영 대리는 대남을 바라보며 투정하듯 말했다. 하지만 그녀의 입가에는 진득한 미소가 피어올라 있는 것이, 불만에서 올라오는 투정이 아닌 기쁨에서 비롯된 것이란 걸 알 수 있다.

"저도 이 정도일 줄은 생각 못 했네요……."

대남은 편집실 한편에 가득 쌓여 있는 원고들을 바라보았다.

한 달 전.

[故이규화 선생의 넋을 기리는 문단 공모전 '동녘의 태양' 개최.]

금양출판의 주최로 이규화 선생님의 유작 '동녘의 꽃' 이름을 빌린 '동녘의 태양' 공모전이 개최되었다.

문학 공모전을 달가워할 이는 문인들을 제외하고는 없는 것이 사실이었지만 이번만큼은 달랐다.

[총상금 1억 원정.]

공모전을 두고 놓인 총상금 1억 원은 문학에 관심이 없는 이들이라 할지라도 혹하며 돌아볼 정도로 매혹적인 금액이었다.

하물며 언론과 방송사를 통해 대대적인 홍보 활동을 펼치니 금양출판으로 공모전 투고 원고가 쏟아지는 것은 당연지사였다.

"언제 이 작품들을 전부 선별하고 검토할 수 있을까요."

"아마도 시일이 꽤 걸리겠죠. 작품들의 평가는 출판인을 비롯해서 문단 원로들까지 합세하니 당선 경쟁은 치열할 겁니다."

"대남 씨, 대학교 개강이 언제예요?"

"다음 주예요."

"휴, 다행이다."

금양출판의 직원이 모자란 것은 아니었지만 한 명이라도 더 있는 것이 수월했다.

석혜영은 원고로 겹겹이 쌓인 산을 보며, 일 처리가 정확한 대남이 조금이나마 더 도와줄 시간이 있다는 것을 다행으로 여겼다.

"앞으로 금양출판의 구월은 야근의 달이라고 불러야겠어요. 아직 공모전을 개최한 지 한 달밖에 안 됐는데 이 정도 양이면……. 남은 기간 동안 몰릴 원고들을 생각하면 아찔하네요. 정말."

이윽고 고개를 절레절레 저어 보이던 석혜영이 작은 꽃잎 같은 입술을 열어 대남에게 물었다.

"그건 그렇고 대남 씨, 이제 곧 있으면 사법 고시 2차 시험 발표일 아니에요?"

어느새 사법 고시 2차 시험 발표일이 불쑥 다가와 있었다. 사법 고시생들의 지난 수험 생활의 결과가 발표되는 날이니만큼 긴장을 해야겠지만 대남은 왠지 긴장이 되지 않았다.

"네, 공교롭게도 결과 발표일이 학교 개강하는 날짜랑 겹치네요."

2학기에 접어들어 뒤숭숭했던 마음을 떨쳐 버리기도 전에 한국대학교 법학부는 또 한 번의 진통을 겪어야만 했다. 바로 사법 고시 2차 시험 결과 발표 때문이었다.

전통적으로 유능한 법조인을 많이 배출해 온 한국대학교였지만 2차 시험 탈락자가 아예 없는 것은 아니었다.

"이런 제기라아알!!"

법학관은 희비가 교차하고 있었다. 2차 시험에 떨어진 이들은 영락없이 내년에 1차 시험부터 다시 치러야 했다.

평소 우병구와 어울려 다녔던 이들은 한 명도 빠짐없이 전부 낙방을 했다. 애초에 고시 공부에 전념하지 않고 우병구의 재력을 보고 잿밥에만 마음이 있었으니 당연한 결과였다.

"대남아, 축하한다!"

"뭘요, 형도 합격하셨잖아요. 축하드려요."

"인마, 나는 그냥 합격이지만 넌 최고 득점 합격이지 않냐. 이건 경우가 다른 거라고……!"

서찬구는 본인도 2차 시험을 합격했지만, 대남의 최고 득점 합격 소식에 뛸 듯이 기뻐했다.

비단 서찬구뿐만이 아니었다. 한국대학교 자체적으로도 대남의 최고 득점 2차 합격 소식을 현수막으로 만들어 정문과 법학관에 달아놓을 정도였다.

"대남아, 이대로만 가면 너 최연소 합격에다가 최고 득점 합격까지 동시에 거머쥘 수 있는 거다."

사실상 2차 시험까지만 합격한다면 3차 면접의 경우 관례라는 느낌이 강했다. 막말로 대남이 면접장에서 면접 위원에게 욕설만 내뱉지 않는다면 그대로 사법 고시 최종 합격이었다.

"방송국에서 인터뷰 온다고 하지 않더냐."

"방송국이랑 신문사에서 연락이 많이 오기는 했는데, 그래도 3차 면접이 끝나고 최종 결과가 나오면 하기로 했어요. 아무리 그래도 설레발을 칠 수는 없잖아요."

"새끼, 겸손한 척하기는. 지금 네가 사법 고시 최연소에다가 최고 득점으로 합격한다는 게 기정사실인데 그렇게 말 안 해도 된다. 솔직히 나도 대남이 네가 만들어준 모의 2차 문제지랑 요약집 아니었으면 여기까지 왔을까 싶다. 선배로서가 아니라 남자 대 남자로서, 대남아, 정말로 고맙다."

서찬구는 감격하며 대남의 손을 마주 잡았다.

"만약 나 이번에도 떨어졌으면 곧장 군대에 끌려갈 뻔했다. 네가 날 살렸다, 대남아."

대부분이 사법 고시를 준비하면서 군 입대를 배수의 진으로 생각하며 고시 생활에 전념하기에, 서찬구로서는 대남이 그야말로 하늘에서 내려온 동아줄이나 마찬가지였다.

"그리고 우병구 그 자식은 돈 들여서 과외받은 게 아깝게 과목 과락이 뭐냐."

우병구는 과목 과락을 당해, 결국 2차 시험에서 낙방하고 말았다.

"ST상사도 망했고, 우병구도 학교 졸업장만 받고 그대로 외국으로 유학 간다고 하더라"

"유학이요?"

서찬구와 마찬가지로 우병구는 졸업을 유예한 상황이기에 졸업장을 언제 받아가도 이상할 것이 없었다. 한데 이러한 상황 속에서 유학이라니, 서찬구가 그 의문을 풀어주려는 듯 뒤이어 말했다.

"말이 유학이지, 사실은 도피나 마찬가지야."

"자네가 이번에 사법 고시 최고 득점을 한 김대남인가."

2학기에 접어들자 법학 전공과목이 커리큘럼의 상당수를 차지했는데, 대남을 강의실에서 처음 맞닥뜨린 노교수들은 대부분 그윽한 눈빛으로 대남을 바라봤다.

"나중학 교수에게 이 학년 중에서도 엄청 뛰어난 수재가 있다고 들었거늘, 이건 수재 정도를 뛰어넘었구만. 작년과 재작년 사법 고시 수석의 자리를 고구려대학교에 빼앗긴 게 원통했었는데 이번에 자네가 우리 한국대학교 법학부의 체면을 살려줬어."

교수의 말에 같은 이 학년 법학도들이 대남을 부럽다는 듯이 쳐다봤다.

이 학년이라면 이제 막 전공과목을 수학하면서 법학도로서의 꿈을 펼쳐 나가야 할 시기였는데, 대남이 이미 일궈낸 사법 고시 최고 득점의 커리어는 질투를 불러일으키기보다는 경외감이 들게 할 정도였다.

"어차피 개강 첫날이다 보니, 시시콜콜한 강의를 하기보다는 사법 고시 최고 득점자의 이야기를 들어보는 것이 더 좋겠지."

법철학 강좌의 노교수는 학생들을 바라보며 말했다. 보통 전공과목의 경우 개강 첫날이라 할지라도 강의를 하는 것이 정설처럼 굳어져 있었기에 학생들은 노교수의 말에 환호했다.

"세상에는 말이지, 악법도 법이라는 이상한 말이 존재해. 군사정권이나 독재 시절에나 쓰일 법한 이 관용어는 소크라테스의 격언으로 알려졌지만, 실상은 누군가의 거짓말이지. 사람을 죽였는데 막대한 자금을 들여 변호사를 고용. 우발적, 심신

미약 등의 각종 인권을 위한 법률을 들어 감옥에서 채 삼 년을 살지 않고 가석방되는 이가 있는 반면, 굶주림에 지쳐 먹을거리와 아기들의 분유와 기저귀를 훔치던 가장이 결국 잡혀 오 년형을 선고받게 되기도 하지……. 자네가 생각하기에 사법부의 판단이 올바르다고 생각하는가."

노교수의 말에 좌중이 침묵했다. 대남이 자리에서 일어나자 강의실 내의 이목이 집중되었다. 이윽고 대남은 강단에 선 노교수를 바라보며 입을 열었다.

"대한민국은 아직까진 유전무죄 무전유죄가 통설처럼 인정되고 있습니다. 법치주의 국가에서 법률의 도움을 받아 자신의 형량을 줄이는 것은 당연한 이야기지만 대부분의 사람은 법을 사용하지 못하고 오히려 피해를 받습니다. 법원의 입장에선 이와 같은 대중의 불만을 법률의 판단과 국민의 정서는 일치할 수 없다는 허울 좋은 말로 숨기기에 급급합니다."

대남은 잠깐 말을 쉬고는 주변을 돌아봤다. 대부분이 자신의 말에 고개를 주억거리며 경청하고 있었다.

"오로지 가진 자들만이 법을 악용하고 살 구멍을 만들어내지요. 우리는 민주주의를 쟁취해 대통령을 뽑았지만 어떻게 보면 현시점의 대한민국은 재벌들을 위한 사회구조가 되어 가고 있습니다. 사법부의 판단이 옳고 그름을 따지기에 앞서 사회 전체의 전반적인 성장 구조부터 살펴봐야 할 것이라고 생각합니다. 삼권분립이 무의미해진 시점에선 세상 그 어디도 깨끗할 수는 없으니까요."

"아주 좋은 말이군. 그렇다면 현재 대한민국 내에 급상승하고 있는 강력 범죄에 관해선 어떻게 생각하나. 매년 강력 범죄율이 줄어들기는커녕 늘어나고 있는 실정이 아닌가. 자네 말대로라면 자정작용이 없어진 대한민국은 이대로 나락의 길을 걷게 되는 것인가?"

노교수의 물음에 대남은 고개를 저어 보이고는 말을 이었다.

"자정작용이 없어진 것이 아닙니다. 멈추어 있는 것이지요. 아무래도 정부에선 계속해서 천정부지로 치솟는 강력 범죄율을 급감시키기 위해 결단을 내릴 겁니다. 예컨대 범죄와의 전쟁을 선포할 겁니다. 그래야지만 대중에게 면이 서고, 앞으로 재벌 공화국 또한 굳건히 유지되어 나갈 테니까요."

현 정권과 대기업들과의 연관점을 정확히 집어내는 대남의 안목에 노교수는 감탄을 터뜨렸다. 노교수는 과연 저런 혜안을 지닌 인재가 앞으로 어떻게 될지 그 향방까지 궁금한 듯 재차 물었다.

"자네가 사법 고시 2차 시험을 최고 득점으로 통과했으니, 이런 질문을 해볼 수가 있겠군."

"……."

"앞으로 자네의 말처럼 범죄와의 전쟁이 일어난다면 공권력이 더 강력해지는 계기가 되겠지. 만약 자네가 사법 고시를 최종 합격하고 법조인의 길로 접어들게 된다면……."

노교수는 자리에서 일어나 있는 대남의 눈동자를 바라봤다. 청명하기 그지없는 대남의 눈동자 속엔 깊은 호수가 자리한 듯 그 속내를 쉽사리 들여다보기 힘들었다.

그 모습에 노교수가 입가에 미소를 지으며 말했다.

"……자네는 정권의 밑에서 범죄를 소탕하는 칼이 될 것인가, 아니면 범죄에 핍박당하고 법의 손길에서 벗어난 사람들을 위하는 방패가 될 것인가."

대남은 노교수의 물음에 고개를 앞뒤로 천천히 끄덕였다.

칼과 방패라, 이전까지만 해도 고려해 본 적이 없는 선택지였다. 법조계로 발걸음을 하지 않으려는 확고한 의지가 있었고, 사법 고시 또한 한여름의 치기로 쳐본 것이나 다름없었다.

하지만 둘 중 하나를 무조건 선택해야 한다면.

"지금의 정권은 견문발검(見蚊拔劍)이라 칭해도 좋을 만큼 작은 일 하나에도 칼을 뽑아 들며 소란스럽기 바쁩니다. 그렇다고 방패가 제 역할을 수행하는 것도 아닙니다. 이처럼 혼란스럽고 급변하는 시기엔 왕과 도적은 종이 한 장 차이라고 해도 좋을 만큼 분간이 가지 않습니다."

"그 말인즉슨……."

"장자 왈 성왕패구(成王敗寇)라, 한 사람의 업적은 마지막 일의 성패 여부에 달렸다고 했습니다. 현 정권 또한 마찬가지이지요. 대한민국의 민주주의는 이미 재벌 공화국으로 덧씌워진 지 오래입니다. 그들의 마지막 선택이 어찌 될지는 모르겠으나, 지금까지의 행태를 보자면 끝까지 변함이 없을 것입니다. 이런 시기엔 방패를 들어 대중을 보호할 수는 없지요. 오히려 칼을 드는 것이 낫습니다."

노교수는 대남의 대답에 고민을 거듭하다 되물었다.

"근묵자흑 근주자적이라 했네. 제아무리 신념을 가진다고 해도 진흙탕에 발을 들이게 된다면 닮아가는 게 사람의 본성이야. 결국, 정권의 밑에서 칼을 든다면 어떻게 대중을 보호할 수 있겠나. 자네가 법조인으로서 명성과 권력을 좇아가지 않을 수 있다고 보장할 수 있겠나. 난 아니라고 보네."

노교수는 여태껏 법조계에 몸을 담으면서 수많은 변절자를 보아왔다.

법학도 시절이나 사법연수원생 시절에는 그 누구나 정의를 부르짖으며 불의를 참지 못했다. 다만 현실의 벽에 부딪히고, 권력의 맛을 보게 된 이들은 결국 신념을 저버린 채 저들의 아가리 위로 떨어지는 금은보화를 위해 권력의 개가 되기 바빴다.

노교수는 그 점에 신물을 느껴 법조계에 계속 몸담지 않고 후학을 양성하는 길로 접어든 건지도 몰랐다.

"흠흠, 사법 고시 최고 득점자의 이야기는 여기까지 들어보도록 하지. 더 이상 자네들을 붙잡고 있었다가는 첫 강의 날부터 안 놓아준다고 이 노인네가 미움을 살 게 아닌가."

대남과 노교수의 문답은 그렇게 흐지부지하게 끝나는 듯했다. 이윽고 강의가 끝이 나고 모든 학생이 자리에서 일어나 강의실을 비울 찰나였다. 대남은 교단으로 걸어가 이제 막 강의실을 벗어나려는 노교수에게 말했다.

"칼끝의 방향을 돌리면 되는 일 아닙니까."

"……그게 무슨 말인가?"

"지금 권력의 밑에서 범죄를 소탕하는 칼끝이 굳이 밖을 향할 필요가 있냐는 말입니다. 어차피 범죄자는 그 권력의 위에도 있지 않습니까."

"……허허, 그렇게 된다면 자네는 법조인으로서의 생명을 오래 유지하지 못할 텐데……."

지금 대남이 말하고 있는 것은 꽤나 위험한 발언이었다. 공직자와 재벌을 향한 성역 없는 수사를 펼치는 중앙 수사부가 없는 것은 아니었으나, 이미 그 기능이 유실된 지 오래였다.

주류(主流)를 침범하는 칼날은 부러지게 마련이다.

오랜 세월 동안 수학하며 학수고대하던 법조인이 되었는데 그 꿈을 쉽사리 저버릴 수 있는 이가 누가 있겠는가. 하지만 대남은 그런 노교수의 생각이 무색하게도 입가에 미소를 지으며 말했다.

"상관없습니다. 저는 법조인으로 살 생각이 없으니까요."

1990년 10월 13일.

[犯罪(범죄)·폭력과의 戰爭(전쟁) 선포!]

시월 둘째 주 토요일, 신군사정권에 대한 국민의 불안과 불신이 지속되자 노태후 대통령은 직접 '새질서 새생활 실천 모임'의 텔레비전 생중계에서 특별 선언을 발표, 민생 치안을 강화한다는 목적으로 범죄와 폭력에 대한 전쟁을 선포하며 사회적 분위기의 반전을 도모하였다.

대남의 예상대로, 정부는 천정부지로 치솟는 강력 범죄율을 감소시키기 위해 최후의 조치를 했다. 하지만 이대로 정말 강력 범죄율이 감소할지는 두고 봐야 할 일이다.

공교롭게도 범죄와의 전쟁이 선포된 날이 사법 고시 제3차 면접 당일이었다.

"이번에 범죄와의 전쟁에 관련된 면접 내용도 나오겠냐."

"굳이 오늘 아침에 긴급 발표된 내용까지 공부할 필요는 없을 거예요. 기본서 위주로 공부하고 가도 상관없을 겁니다."

"대남아, 넌 떨리지도 않냐."

"떨릴 게 뭐 있나요."

사법 고시 제3차 면접 당일, 서찬구와 대남은 함께 정장 차림으로 사법연수원으로 향했다.

복장에 관한 지시 사항은 없었지만, 정장을 입는 것을 암묵적으로 약속한 듯 대부분이 검은 정장 차림이었다.

이틀에 걸쳐 치러지는 사법 고시 3차 시험은 요식행위에 불과한 면접시험이라는 것이 널리 알려진 인식이었지만 엄중한 사법연수원에서 행해지는 면접시험을 직접 피부로 체감하는 고시생 입장에선 긴장되기는 매한가지였다.

사법연수원의 위엄에 넋이 나간 서찬구를 챙기며 대남은 면접 대기 장소로 발걸음을 옮겼다.

면접 대기장에는 난공불락의 2차 시험을 통과하고 온 고시생들의 모습이 보였다. 예년과는 비교되게 여성 합격자 수가 늘어 금녀의 구역이라 인식되어 왔던 사법연수원의 벽이 허물어지고 있었다.

"저 사람이 이번 수석이야?"

"그렇다고 하던데, 한국대학교 출신이라더라."

"들리는 말로는 주식시장에서도 꽤 유명한 인물이라던

데……."

대남이 면접 대기장에 등장하자 주변에서 대남의 얼굴을 알아본 이들의 수군거리는 소리가 들려왔다. 하지만 대부분이 면접을 코앞에 앞두고 있어서인지 수군거림은 오래가지 않았다.

"그럼 이제부터 조를 나누겠습니다."

3차 고사장에 모든 인원이 도착하자, 진행 요원이 조를 나누기 시작했다. 성적, 지역과 나이를 불문하고 무작위로 선별되었기에 대부분이 처음 보는 이들과 조가 될 확률이 높았다.

대남 또한 그러했다. 어쩌다 보니 여섯 명으로 이뤄진 조 안에 한국대학교 출신이 대남 말고는 한 명도 없었다.

이윽고 집단 면접을 실시하기 위해 조별로 움직이기 시작했다. 대남의 조는 3조였는데 그 덕에 몇 시간 대기하지 않고 빨리 면접장으로 들어설 수가 있었다.

대남은 집단 면접이 빨리 끝날 것 같아 좋다고 생각했지만 다른 이들은 얼굴에 긴장한 기색이 역력했다.

둥그런 탁상이 놓여 있는 면접장으로 들어서자, 면접 위원들이 기다리고 있었다.

대부분이 나이가 지긋하신 법조계 원로 교수들이었고, 그나마 젊어 보이는 가운데 사람은 아마도 사법부에서 꽤나 고위직을 차지하고 있는 인물 같았다.

"집단 면접은 하나의 주제를 통해 각자의 생각을 여과 없이 토론하는 자리입니다. 예년까지만 해도 수험생들의 답변에 면접 위원이 질문을 하는 일이 없었지만 이번 연도부터는 시험 방식이 바뀌어 이따금 질문이 갈 수도 있으니 염두에 두시기를 바랍니다."

면접 위원의 말에 대부분이 침을 꼴깍 삼켰다. 수험 번호대로 착석을 하고 난 뒤 얼마 지나지 않아 토론의 주제가 주어졌다.

주제는 바로, 양형부당성(量刑不當性)이었다.

범죄에 이르게 된 과정이나 범죄로 인한 피해 등 피고인이 저지른 사건의 내용에 비해 선고된 형이 너무 가볍거나 너무 무거운 것을 양형부당이라고 한다.

"137번 수험생, 자네는 과거 학생운동을 비롯해서 6월 항쟁 때 시위에 참여한 이력이 있군. 자네라면 이 주제에 관해 아주 할 말이 많겠어. 과격 시위를 하다 잡혀 들어간 시위운동자들을 대신해 양형의 기준이 과도하다고 직접 탄원서를 적어 제출했더군."

면접 위원의 말에 137번 수험생의 표정이 까맣게 타들어 갔다. 그는 강직해 보이는 외모의 남성이었는데, 지금만큼은 마치 잘못을 들킨 어린아이처럼 어쩔 줄 몰라 했다.

그 모습을 바라보고 있던 면접 위원이 입가에 조소를 머금은 채 계속해서 말을 이었다.

"그럼, 여기서 내가 질문 하나 하겠네. 137번 수험생, 시위운동자를 위해서라면 법원의 판결에 불복하고 탄원서를 제출하고 항소를 멈추지 않을 거라는 그 마음 말이야. 자네의 생각과 가치관은 아직도 과거와 변함이 없나?"

137번 수험생은 곧장 입 밖으로 말을 내뱉을 수가 없었다. 분명 3차 면접은 관례에 불과한 통과의례라는 것을 알고 있었지만, 혹시나 모르는 일이었다.

사법시험 정원이 조정된 이후 3차 시험 탈락자는 한 명도 없었지만, 그 첫 번째가 자신이 되지 않으리라는 법이 없었기 때문이다.

이윽고 주춤거리던 137번 수험생이 떨리는 입술을 겨우 진정시키고는 말했다.

"……변하였습니다. 그때는 아직 법학에 관해 제대로 공부를 하지 못하였을 때이고…… 치기 어린 법학도의 심정이었습니다……. 하지만 시간이 흘러 수없이 법학을 공부하면서 그 당시 법원의 판결을 이해할 수 있었고, 당시 법조계 선배분들의 마음을 이해할 수 있을 것 같습니다……."

137번 수험생의 말에 면접 위원의 입꼬리가 올라갔다. 제아무리 학생운동에 참여를 하고, 운동권을 진두지휘했던 이들이라 할지라도 사법연수원의 자리에 들어서게 된다면 생각을 바꿀 수밖에 없었다.

등용문(登龍門)이라 일컬어지는 사법 고시의 끝자락까지 당도해서 등을 돌릴 이는 없었기 때문이다.

곧이어 흡족한 표정으로 면접 위원이 3조 수험생들을 향해 다시금 물었다.

"그래요, 137번 수험생의 답변을 아주 잘 들었습니다. 여기 계신 수험생 여러분은 오랜 시간 동안 사법시험을 위해 수학해 오던 법학도입니다. 앞으로 법복을 입은 사법연수원생으로 거듭나기 위해서는 과거에 가졌던 잘못된 생각과 이념은 버릴 필요가 있습니다."

면접 위원의 말이 계속될수록 137번은 고개 숙인 얼굴을 제대로 들지 못했다.

아마도 과거의 당신에게 부끄러움이 가득한 듯 보였다. 이윽고 면접 위원이 마지막으로 3조 수험생들을 바라보며 입을 열었다.

"자, 그럼 마지막으로 질문하겠습니다. 혹시나 없을 것이라 사료되지만 여기 이 자리에 계신 3조 수험생 중 조금 전 137번 수험생이 답한 질문에 관해 다른 의견을 가진 수험생이 있습니까."

대부분이 말을 아꼈다. 면접 위원과 눈을 마주치지 않으려 회피하는 이도 있었고, 입술을 꾹 다문 채 한 치의 말도 꺼내지 않으려는 이도 있었다.

어차피 3차 면접만 무사히 통과하게 된다면 법복을 입고 판검사의 자리에 오르는 것도 더 이상 요원한 일이 아니었다. 괜히 면접 위원의 심기를 건드릴 필요가 없는 일인 것이다.

"저는 생각이 다릅니다."

그 순간, 침묵하던 면접장에서 불쑥 목소리가 튀어나왔다.

모두의 이목이 쏠린 가운데, 대남만이 손을 들고 면접 위원을 바라보고 있었다.

"……뭐?"

언어도단(言語道斷)이라고 해도 좋을 만큼 뜬금없이 들려온 소리에 면접 위원들은 놀랄 수밖에 없었다.

더군다나 두 눈을 똑바로 뜨며 자신들을 쳐다보는 한 수험생의 모습에 어이가 없다 못해 고개를 갸우뚱거릴 지경이었다.

"그게 무슨 소린가."

이윽고 면접 위원은 대남의 정장 상의에 꽂힌 수험 번호표를 유심히 바라봤다.

'131번이라, 수석이군……!'

대남의 수험 번호와 얼굴을 확인한 면접 위원은 그 정체에 놀랄 수밖에 없었다. 이번 사법 고시 2차 시험 최고 득점자의 이야기는 이미 사법연수원에서도 유명하게 회자되고 있었다.

최연소 합격이 유력한 가운데, 최고 득점 수석의 영예까지 안았으며 주식시장에선 '신성(新星)'이라 불리며 수십억 원의 차익을 낸 청년.

"백 명의 사람에겐 백 가지 생각이 있고, 만 명의 사람에겐 만 가지 생각이 있다고 했습니다. 사람의 손으로 일궈낸 법률은 오류가 없다고 판단할 수 없습니다. 그렇기에 사람으로 하여금 법관의 자리에 앉아 올바른 판결을 내리고 억울한 이가 없게 해야 하는 것인데, 편협하게 한 가지 시선에만 몰두해 있다면 그건 법관이 아니라 본인의 이득을 챙기는 장사치와 다를 바 없지 않겠습니까."

대남의 말에 면접 위원의 얼굴이 마치 불에 달군 부지깽이처럼 붉어졌다.

새파랗게 어린 후배에게 다른 장소도 아니고 자신이 면접 위원으로 있는 면접장에서 대답을 가장한 질타를 들은 것이 아닌가.

곧이어 면접 위원이 대남을 노려보며 입을 열었다.

"자네가 이번 2차 시험의 최고 득점자라는 사실은 내 익히 알고 있지. 하지만 금년부터는 면접 심사 방식이 바뀌어 3차 면접에서도 충분히 결격사유가 나올 수 있음이야. 그 점을 고려하고도 지금 그렇게 망발을 하는 것인가. 면접 위원의 자리에 앉은 분들은 전부 131번 수험생보다는 오랜 세월 동안 법조계에 몸을 담았던 분들이네. 법원의 판결에 불복하며 시위를 벌이는 나쁜 생각을 버리라는 취지에서 했던 내 말을 곡해해서 듣는 자네의 지금 그 언행과 태도는 나뿐만이 아니라 나머지 위원님들에게도 누가 되는 말일세."

면접 위원의 으름장에 3조 수험생들의 표정이 새까맣게 타들어 갔다.

혹여나 대남의 언행으로 인해 자신에게까지 불똥이 튀지는 않을까 노심초사한 모습이다. 하지만 대남은 면접 위원의 윽박에도 아무렇지 않은 듯 도리어 고개를 절레절레 저어 보였다.

"위원님, 이번 집단 면접의 주제는 바로 양형부당성(量刑不當性)이었습니다. 양형부당이라 함은, 피고에게 선고된 형량의 경중을 정정하고자 생긴 항소의 이유입니다. 한데 지금 위원님 말씀의 내용을 살펴보면 법원의 판결은 만고불변이며 항상 올바른 것이어야 했는데 여태까지 법원의 판결이 항상 옳았습니까. 그렇다면 양형부당이 왜 필요한 것입니까."

"……."

"하하하."

좌중이 침묵한 가운데, 웃음소리가 터져 나왔다. 웃음소리의 출처는 뜻밖에도 바로 면접 위원석이었다.

얼굴이 붉으락푸르락해진 면접 위원의 옆으로 고령의 면접 위원이 앉아 있었는데, 그는 여태까지 말을 하지 않고 자리를 지키고 있던 이였다.

"김 부장, 그만하게나. 이렇게 면접 위원과 언쟁을 벌이는 수험생은 참으로 오래간만이야. 다들 이 자리에 오면 꿀 먹은 벙어리처럼 말을 잃거나 과도하게 면접 위원의 비위를 맞추며 눈치를 보기 바쁘지. 난 모름지기 법조인이라면 남의 눈치를 보면 안 된다고 생각하는 사람이야. 숙맥 같은 놈들이 머리에 법학 지식만을 쌓은 채 법정에서 말을 더듬으며 조문을 읽는 꼴을 보자면 속이 터져 나갈 지경이거든. 오랜만에 활화산 같은 수험생을 다 만나보는구려."

"교수님…… 아무리 그래도……."

"괜찮네, 자네도 젊었을 적에는 저보다 더했어."

"……."

백발이 성성한 면접 위원의 중재로 인해 다행히 집단 면접은 무사히 끝이 날 수 있었다. 면접장을 벗어나는 그 순간까지 대남에게 윽박을 내질렀던 위원은 눈을 부라렸지만, 대남은 개의치 않았다.

면접장 밖으로 나오자 3조 수험생들은 그제야 살았다는 듯이 숨을 내쉬었다.

"……고맙습니다."

137번 수험생이 대남을 향해 고개를 숙였다. 합격을 위해

소신을 굽히고 면접 위원의 말에 동조를 표한 자신이 한없이 도 부끄러웠고, 쥐구멍이 있다면 숨고 싶었다.

불과 말 한마디였지만, 과거 자신과 함께 민주주의를 부르짖던 동료들을 배반하는 행동을 했다는 점에서 면접장 밖을 나오자마자 후회와 한탄이 물밀 듯이 밀려들어 왔다.

"괜찮습니다. 누구든지 그랬을 겁니다."

"……."

대남은 137번 수험생의 손을 마주 잡으며 입을 열었다.

"사법시험 합격이라는 원대한 목표를 가진 채 여기까지 왔는데 떨어지면 무슨 소용이 있겠습니까. 실패하더라도 끝까지 소신을 굽히지 않고 강직하게 나가야 한다는 것은 그것이야말로 불통(不通)이지요. 뜻이 있다면 그것을 이루고 행하기 위해 높은 자리에 올라가야 하는 법. 오늘의 고통을 잊지 않으면 됩니다."

"대남아, 너 집단 면접장에서 면접 위원하고 한판 붙었냐?"

"누가 그래요?"

"누가 그러기는 인마, 지금 면접장에 소문 쫘악 퍼졌어. 아무래도 너랑 같이 3조에 있던 수험생 중 몇몇이 퍼뜨린 소문

같은데, 들리는 말로만 보면 네가 완전히 면접장에서 면접 위원에게 쪽을 줘도 제대로 줬다고 하던데."

"쪽은 무슨, 그냥 의견이 안 맞은 거예요."

수험생들에게 있어선 염라대왕이나 마찬가지인 면접 위원들과 한판 붙었음에도 대수롭지 않은 듯한 대남의 모습에 서찬구가 흥미로운 표정을 지어 보이며 말했다.

"인마, 여기서 면접 위원한테 대꾸할 사람은 너밖에 없을 거다. 예전부터 널 봐왔지만 정말 성격이 우직한 건지, 강심장인 건지 분간이 안 간다. 정말."

서찬구의 말마따나 면접 대기장에는 대남을 향한 시선이 처음보다 늘었다.

면접장에서 면접 위원과 언쟁을 벌인 것도 놀라운 일인데, 대남이 2차 시험 최고 득점자라는 것을 알게 되자 사리분별할 줄 모르는 수험생에서 영민하고 뛰어난 수험생으로 평가가 수정되었다.

"대남아, 넌 개별 면접에서 뭐 물어볼 거 같냐."

"기본 법학에 관한 문제 물어보는 게 추세 아니에요?"

"그건 그렇다만, 집단 면접도 시험 방식이 바뀐 걸 보면 개별 면접도 바뀌지 않았으리라는 법이 없으니까 말이다. 말로는 요식행위다 뭐다 하는데, 시험장 분위기는 완전 날이 서 있지 않냐."

작금의 대한민국은 혼란스러운 시기였다. 조직폭력배들의 전성시대라 해도 좋을 만큼 전국적으로 강력 범죄가 급격히 늘고 있었고, '여소야대' 정국을 타파하기 위한 노태후 대통령의 결단은 검경을 비롯해 군에까지 영향을 미쳤다.

"아무래도 정부에서 범죄와의 전쟁을 선포하고, 공권력에 힘을 실어주는 분위기니 미래의 법조인들을 배출하는 사법연수원에서도 기합이 들어간 거겠죠."

3차 개별 면접. 집단 면접과 마찬가지로 3명의 면접 위원이 면접장에서 대남을 기다리고 있었다.

집단 면접에서 대남에게 윽박을 내질렀던 젊은 면접 위원은 대남의 행태가 썩 마음에 들지 않는지 얼굴을 확인하자마자 미간을 찌푸렸다. 그에 반해 백발이 성성했던 고령의 면접 위원은 마치 손자를 마주하듯 대남을 바라보고 있었다. 이윽고 먼저 말문을 연 것은 교수라 일컬어졌던 백발의 면접 위원이었다.

"131번 수험생, 자네는 2차 시험을 최고 득점으로 통과한 것도 모자라 사법 고시 최연소 합격까지 노리고 있군. 이렇게 뛰어난 이에게 기본적인 법학 문제를 낸다고 한들 무슨 변별력이 있겠나. 기본 법학 문제와는 별개의 문제를 내보도록 하겠네. 불만은 없나."

"네, 괜찮습니다."

"대를 위해서 소를 희생해야 한다는 말이 있지. 사법시험을 합격하고 법복을 입은 판·검사가 된다면 이제 민간인이 아닌 공직자의 신분이 되는 것이라네. 수사를 하고 판결을 함에 있어 사사로운 감정은 제쳐놓고 법률을 우선시하는 것이 당연하지만, 때때로 조국을 위해 보통 사람들과는 다른 판단을 내려야 할 때도 있다네. 만약 자네가 그 자리에 오른다면 어떤 선택을 하겠나. 조국을 위한 일이라고 해도 자네의 신념을 저버리는 행위라면 하지 못할 것 같은가."

"만약 하지 않는다면 어떻게 되는 것입니까."

"올곧은 갈대는 부러지게 마련이지."

그는 대남의 대답을 기다리는 듯 의자에 몸을 기댄 채 바라보고 있었다.

다른 면접 위원도 이번만큼은 말을 아끼며 대남의 답을 기다렸다. 모름지기 학생운동에 참여한 바가 있는 이들은 조국을 위한다는 말 한마디면 껌뻑 죽어 나갔다.

면접 위원들은 대남 또한 그런 부류일지도 모른다고 생각한 모양이다. 사상 검증이라 할 수도 있는 것이고, 어떻게 보면 조직 생활에 적합한 이를 찾는 것인지도 몰랐다.

"충신이 없는 나라는 간신들이 판을 치니 저들의 목적을 위해서라면 수단과 방법을 가리지 않아 결국 아수라장이 되고 맙니다. 위원님께서 물으신 내용 중 조국을 위한다는 것이 간신의 입장이라면 결코 따를 필요가 없는 것이지요. 간신들이 말하는 조국은 나라가 아닌, 자기 자신이니 말입니다."

"따르지 않는다면 결국 꺾이고 말 텐데도……?"

교수는 흥미롭게 대남을 바라보고 있었다. 참으로 오래간만에 마음에 드는 인재가 눈에 띄었다. 이윽고 대남은 자세를 고쳐 앉아 면접 위원들을 바라보며 입을 열었다.

"갈대는 바람에 꺾이지 않습니다. 간신이라는 산들바람에 꺾일 갈대였으면 애초에 사법 고시를 치르지도 않았을 겁니다."

마치 저들을 싸잡아 욕하는 듯한 대남의 말에 미간을 찌푸리던 면접 위원이 자리를 박차고 언성을 높이려 했으나 백발이 성성한 노교수가 손을 들어 말렸다.

'앞으로 어떻게 될지 참으로 궁금하군.'

교수는 대남을 바라보며 생각했다. 과연 저자가 사법연수원을 거쳐 판·검사, 혹은 변호사의 자리에 오르게 된다면 과연 법조계는 인재(人材)를 맞이하게 되는 것일까, 혹은 인재(人災)라 해도 좋을 만큼 거대한 파란을 겪게 될 것인가.

- 8장 -

주사위

사법시험이 완전히 끝났다. 이틀에 걸쳐 치러진 3차 면접까지 마치고 나니 고시생들은 그간 마음속을 숨 쉬기 힘들 만큼 촘촘히 얽매었던 고시라는 그물에서 벗어날 수가 있었다.

암자나 고시촌을 전전하던 고시생들이 고향으로 돌아가 적막함이 흐를 줄 알았으나 물이 순환하듯 다시금 새로운 고시생들로 독서실이 채워지고 있었다.

"대남아, 축하한다."

"뭘요, 아직 최종 합격한 것도 아닌데."

"인마, 면접장에 있었던 사람들 모두가 네가 합격할 거라고 생각하고 있다. 네가 안 되면 누가 합격하겠냐."

면접이 끝났지만, 아직 학기가 끝나지 않아서 대남은 학교를 나와야 했다.

졸업을 유예 중이었던 서찬구는 더 이상 학교를 나올 필요가 없었지만 그래도 청명제의 일원이자 전 학생회장의 신분으로 새롭게 고시를 준비하는 법학부 후배들을 도와주고 있었다.

"그건 그렇고 나 교수님이 너 한번 보자고 하던데?"

"절요?"

"아무래도 사법연수원 들어가기 전에 합격생들 얼굴도장 찍으려는 거 아니겠냐. 우리 학부에서 그래도 법조계 인사들하고 가장 두터운 인맥을 가지신 분이시니. 나도 조금 전에 인사드리고 왔다. 넌 조기 졸업까지 시간이 남았지만 그래도 수석합격자니 한 번 더 보고 싶으신가 보더라."

서찬구는 나 교수와 대남의 사이에서 벌어졌던 일들을 알지 못한다. 더 이상 자신을 찾지 않을 거라 생각했던 나 교수의 호출에 대남은 의문스럽게 발걸음을 옮겼다.

이윽고 교수실 안으로 들어서니 나 교수와 함께 낯선 이가 대남을 기다리고 있었다.

"대남 군, 어서 오게나."

"……안녕하십니까."

"멀뚱히 서 있지 말고 여기 앉게나. 이 앞에 계신 분은 법무법인 태강의 고문 변호사이신 김태호 변호사네."

대남을 유심히 관찰하고 있던 낯선 이는 다름 아닌 법무법인 태강의 고문 변호사인 김태호였다.

태강은 서울 전역에 널리 알려진 법무법인 중 하나로 그 영향력 또한 지대했다. 현재 급격한 기업들의 성장과 함께 발맞춰 크기를 키우는 중이다.

고문 변호사의 경우 대외적인 영업을 담당했으며, 실질적인 법무법인의 얼굴로서 그 자리의 위엄이 예사롭지 않았다. 예컨대 현직에 있을 때 고위직에 있었거나 특정 분야의 권위자일 확률이 높았다.

"자네가 나 교수가 그렇게 칭찬을 하던 제자로군. 나 교수와 나는 같이 수학한 대학은 다르지만, 사법연수원 동기로서 아직까지 끈끈한 정을 유지하고 있지."

나이가 지긋해 보이는 김태호 변호사는 대남을 유심히 살폈다. 대남은 갑작스레 자신을 왜 부른 것인지 의아했는데, 나 교수가 그런 대남의 생각을 읽은 것인지 자세를 앞당기고는 입을 열었다.

"대남 군이 법조계에 별 뜻이 없다는 것은 내 일전에 이야기를 나눠보면서 알 수 있었지. 하지만 한 치 앞도 예견할 수 없는 것이 사람의 인생일세. 그런 점을 살펴보았을 때 자네는 이미 싫든 좋든 법조계에 발을 들인 것이나 다름없어."

"……."

"사법 고시 3차 면접을 진행했던 면접 위원 중 검찰 요직에서 선출된 이는 다름 아닌 내 형님이신 서울고검장 예하의 지휘 라인이지. 혹여나 자네에 관한 이야기를 알까 싶어 물어보니 길길이 날뛰더군. 공부 머리는 수석일지 모르나 안하무인이라고 말이야."

나 교수의 말이 계속 이어질수록 옆자리에 앉아 있던 김태호가 흥미로운 눈빛으로 대남을 바라봤다.

"내가 왜 이런 말을 꺼냈는지 알겠나. 세상살이는 잔잔한 강물처럼 흘러가는 것이 아니라, 언제 어디서 풍랑을 겪을지 모르는 것이야. 그런 점에서 자네의 성격은 친구를 둘 성격이 아니라 적을 둘 성격인 것이지."

"교수님, 제가 이미 법조인이라도 된 양 말씀하십니다."

대남은 나 교수의 의중을 알고 있었다. 자신의 속내를 대남에게 비추어 보였으니 언젠가 칼끝이 자신을 향할지도 모른다는 막연한 두려움에서 비롯된 가지치기일 터.

"틀리지도 않은 말 아닌가. 법조인이 뭐 별다를 것 있는가. 사법연수원을 수료하고 법복을 입은 시점부턴 법조인이지. 내가 오늘 태강의 고문 변호사와 자네의 만남을 추진한 이유는 자네의 영민한 두뇌를 그대로 놔두기에는 너무 아까워서라네."

나 교수는 고개를 돌려 태강의 고문을 바라봤다. 그러자 김태호가 기다렸다는 듯이 대남을 바라보며 말했다.

“사실 나 교수가 내 동기가 아니었다면 처음부터 이런 자리엔 오지 않았을 거네. 하지만 이런 말을 하더군. 제 밑에 아주 날이 서슬 퍼런 새끼 호랑이가 한 마리 있는데 통제하기가 쉽지 않다고 말이야. 자네, 사법연수원 시보(試補)를 할 때 우리 태강에 와서 생활해 보는 게 어떻겠나. 내가 잘 가르쳐 줄 수 있는데 말이지.”

법무법인 태강은 법률업계에 관심이 없는 이라 할지라도 이름 한 번쯤은 들어보았을 정도로 유명한 곳이다. 대중 사이에선 법률을 이용해 기득권의 편에 서서 서민들의 피를 빨아먹는 고리대금업자와 같은 이미지였으며, 법학도들 사이에선 법비(法匪)라 불리며 손가락질을 받는 곳이었다.

“사람 잘못 보셨습니다.”

“무슨 말인가.”

“어떻게 호랑이 새끼가 살쾡이 밑으로 기어들어 갈 수 있겠습니까.”

대남의 말에 김태호가 눈을 부릅떴다. 오히려 나 교수는 이런 반응을 예상했다는 듯이 고개를 짧게 끄덕이고 있었다.

“그럼 말씀 끝나신 것으로 알고 이만 나가보겠습니다.”

곧이어 대남이 자리에서 일어났다. 김태호는 아직도 대남의 언행이 믿기지 않는 듯 눈을 부라리다 이내 해탈한 듯 너털웃음을 지어 보였다.

"정말 자네의 말대로 불도저 같은 친구로세. 한 치 앞도 모르고 길길이 날뛰는 게 딱 자네의 젊었을 적하고 비슷해. 하지만 저렇게 급진적인 친구는 조금만 어긋나게 된다면……."

김태호의 마지막 말을 나 교수가 이어 말했다.

"나락으로 떨어지겠지."

"대남아, 최종 합격 발표일이 언제라고?"

"11월 둘째 주 금요일이에요."

합격 발표 날짜가 성큼 다가오니 아버지는 당신 나름대로 고민이 깊어지신 듯했다. 아들이 법조인이 된다는 기쁨도 잠시, 그 길이 정말 아들의 꿈인지 다시 생각해 보게 된 것이다.

본인 또한 일반 직장인으로 살다 출판인의 꿈을 머금고 인생을 다시 살지 않았는가. 혹여 당신의 그릇된 욕심이 아들의 꿈을 방해한 것은 아닐까 싶은 마음이 들었다.

"대남아, 앞으로 법조인으로 살 수 있겠냐. 네 성격대로라면 판·검사도 나쁘지는 않겠다만 더 큰 꿈을 품어도 이상할 게 없지 않냐."

"아직 최종 발표도 안 났는데 김칫국부터 마시는 거 아니에요?"

"말이 그렇다는 거다. 네가 혹여나 부모를 생각해서 선택한 게 아닌가 싶어서 말이다……. 너무 잘난 아들을 둬도 이런 게 문제구나."

"걱정하지 마세요. 그리고 저 아직 스물하나예요. 인생이 길게 남아 있는데 여러 가지를 해봐야지 않겠어요?"

"하하, 그건 네 말도 맞다. 잘난 재능을 한 곳에 썩히기도 아깝지."

대남은 아버지가 걱정하는 이유를 모르지 않았다. 하지만 아직 시간은 많이 남아 있었다.

"대남아, 이번에 개봉하는 서극혈전 보았냐."

80~90년대 극장가를 주름잡았던 주류는 바로 홍콩 영화였다. 아버지는 업무가 밀려 어머니와 함께 극장을 가보신 지도 오래된 듯했다.

"그거 복수에 관한 내용 아니에요?"

"그래, 진득한 사내들의 복수와 혈투에 관한 내용이라지. 요즘에 이게 재밌다고 직원들 사이에서도 난리더라. 더군다나 이번 여름에 개봉했던 장군의 아들이 대히트를 치지 않았냐. 그것 때문에 충무로에서 마초 영화를 제작하려고 난리라더구나."

"저도 서극혈전을 보긴 했는데 유치하던데."

홍행하고 있는 영화를 대상으로 대남이 유치하다는 평을

내어놓자 아버지는 궁금한 듯 재차 물었다.

"어떤 점이?"

"만인지상의 자리에 올랐던 무인이 암중의 음모로 나락으로 떨어졌고, 결국 한쪽 팔을 잃고 원수들을 상대로 복수하는 내용이잖아요."

"그렇지."

"만약 제가 주인공이었다면 그렇게 하지 않았을 거예요."

대남은 이야기를 꺼내면서 나 교수를 생각했는지도 모른다. 나 교수의 말처럼 자신의 언행으로 인해 여러 사람이 미간을 찌푸렸고, 안 좋게 보는 경우도 있었다. 풍랑이 언제 자신을 덮칠지 모르는 일이었다.

"정상의 자리에 있는 이가 한낱 음모를 꾸미는 이들의 계략을 먼저 파악하지 못한 것도 웃기고."

대남은 잠깐 말을 멈추고 생각을 거듭했다. 앞으로의 인생사를 결정짓는 말이라기엔 거창하지만, 가치관을 확립하는 발언이기도 했기 때문이다.

이윽고 짐짓 뜸을 들이던 대남이 아버지를 바라보며 말했다.

"만약 저였다면 만인지상의 자리에 오르기 이전에 저를 향해 시기와 암투를 벌이는 이들을 다 쳐 냈을 거예요."

"흠, 그렇게 된다면 주인공의 자리도 위협받지 않겠니."

대남은 아버지의 물음에 고개를 저어 보였다.

"어차피 죽이지 못하면 죽는 게 그쪽 생리잖아요."

어느새 11월이 다가와 있었다.

한국대학교 법학부는 새로운 법조인들의 탄생에 축포를 쏘듯, 축제 현장을 방불케 했다. 더군다나 금년은 예년과 달랐다.

[司法考試(사법고시) 최고 득점 수석 합격 金大男(김대남) 더불어 최연소의 영예까지 2관왕 달성.]

사법시험이 개혁된다는 소문 이래, 가장 어려웠던 불시험이라 일컬어지는 제32회 사법 고시에서 당당히 최연소 수석 합격의 영광을 얻게 되자 대남에 대한 소문은 법학부를 넘어서 한국대학교 전체에 알려지게 됐다.

"인마, 요즘에 너 소개해 달라고 다른 학과랑 여대에서 난리도 아니다."

"사법 고시는 저 말고 선배도 합격하셨잖아요."

"나는 나이가 있지 않냐. 더군다나 언론에서 사법 고시 최연소 수석 합격자가 주식시장에서 수십억 원을 벌어들인 귀재라는 말까지 해버리니 네 이름이 요즘에는 웬만한 연예인 못지않게 유명하다."

서찬구의 말마따나 대남은 요즘 자신을 향한 시선을 느낄 수밖에 없었다. 2차 시험을 최고 득점으로 통과한 이후부터 시작된 관심은 최종 합격 소식이 알려지자마자 대학 측에서도 대대적인 홍보를 펼침으로 인해 더더욱 많아졌다.

수년간 고구려대학교에 수석의 자리를 빼앗겨 기가 죽었던 한국대학교는 대남의 고시 수석 합격을 계기로 명실상부 대한민국 법학부의 최고봉은 한국대학교라는 사실을 다시금 사람들에게 각인시키는 기회로 삼았다.

"이제 시작이네."

서찬구가 바람결에 휘날리는 플래카드를 보며 읊조렸다. 법학도라는 공간이 작은 민물이었다면 이제는 바다로 나갈 채비를 할 차례였다. 한 차례 고개를 들어 청명한 하늘을 바라보던 대남이 눈을 지그시 감고는 생각했다.

이제 주사위는 던져졌다고.

"이번에 사법 고시 수석 합격을 한 이가 있다고 하던데……."

익년에 접어들어 대남의 생활 반경은 많이 바뀌게 되었다. 사법 고시를 패스했지만 학업 때문에 사법연수원을 유예하였고, 삼 학년에 접어들어서는 강의실을 찾을 때마다 교수들이 대남을 찾기 바빴다.

"접니다."

"그래. 이미 소문은 익히 들어서 알고 있고, 얼굴 또한 사진보다 실물이 훨씬 괜찮군. 자네가 한국대학교 법학부의 얼굴이라고 소문이 자자해."

"과찬이십니다, 감사합니다."

전공 강의를 맡은 교수들은 저마다의 경험담을 펼치며 대남의 앞날에 조언을 해주었다.

호랑이 같은 교수님들의 칭찬을 듣는 대남을 바라보는 동기들의 시선은 선망에 넘쳤고 이미 고시반인 청명제 내에서는 대남이 만들었던 모의 2차 시험문제지가 전설처럼 내려오고 있었다.

"자네는 사법연수원을 유예했기에 아직 입소까지 시일이 꽤 남았을 테지. 대부분의 고시생이 사법시험이 끝나면 고단했던 고시 생활이 끝이 나는 줄 알지만 진짜 시작은 사법연수원부터라네."

사법연수원은 이미 법학도들 사이에서도 유명할 정도로 악명이 자자했다.

전국에서 내로라하는 수재 중의 수재만이 모인 곳이었고, 격주에 걸쳐 치러지는 성적 평가 제도는 고시 생활의 치열함을 다시 떠올리게 했다.

"하물며 시보 생활을 겪다 보면 사람의 인지로는 판단할 수 없는 별의별 경우를 다 겪게 되지."

교수는 과거를 회상하듯 짐짓 눈을 감았다 떴다. 평소에도 강의 대신 사설이 길었던 교수이기에 강의를 듣는 학생들은 할아버지의 옛이야기를 듣는 아이처럼 눈을 빛내며 경청하고 있었다.

"과거 내가 수원 지방검찰청으로 검사 시보를 나갔을 때의 일이라네. 시어머니를 홀로 모시던 며느리 甲은 남편이 세상을 일찍 떴지만 시어머니와 사이가 모녀처럼 유달리 돈독했지. 하지만 시어머니가 치매라는 중병에 걸리게 되자 점차 병원비 때문에 생활고에 시달리게 되고 힘들어졌어. 또 치매에 걸린 시어머니는 甲에게 폭언을 하고 구타를 반복했지. 결국 甲과 시어머니와의 관계는 틀어지고 말았다네."

교수는 짐짓 뜸을 들이더니 이내 혀를 차며 말을 이었다.

"결국 甲은 시어머니를 살해하려는 계획을 세우게 된다네. 독약을 구해 평소 시어머니가 마시는 보약에 타려고 했던 거야. 하지만 보약에 독약을 타기는 했어도 끝내 마음이 흔들려 시어머니에게 주지 못하고 집을 나섰다네. 한데 甲이 일을 끝마치고 집에 돌아와 보니 시어머니는 이미 싸늘한 변사체가 된 뒤였지……. 이게 과연 어떻게 된 일일까."

교수의 말 한 마디 한 마디에 학생 모두가 집중했다. 교수 본인의 경험담이었기에 마치 TV 드라마를 보듯 생생한 장면이 눈앞에 펼쳐졌다.

"처음엔 내 사수 역할을 맡았던 검사 또한 이 모든 사건의 범인을 甲이라고 지목했어. 독약을 산 정황이 들통났으며 시어머니를 살해할 동기는 넘쳤기 때문이지. 甲은 자신이 범인이 맞다는 자백도, 아니라는 진술도 하지 않았어. 하지만 검경에선 이미 甲을 범인이라고 내정하고 있었지. 결국 甲은 속속들이 밝혀진 증거들로 인해 중형을 선고받고 수감되었어. 하지만 오랜 세월이 흐르고 한 장의 종이로 인해 종결되었던 수사는 변곡점을 맞이했지. 대남 군, 자네가 생각하기엔 검찰에서 무엇을 발견했을 거 같나."

"……유언장입니까."

"그렇지, 바로 유언장이었다네. 甲은 시어머니가 쓰신 유언장을 검찰에 들키지 않고 숨기고 있었지. 하지만 그녀의 친척으로 인해 수년이 흐른 뒤에야 유언장의 존재가 밝혀지고 말았어. 시어머니의 자필로 쓰인 유언장에는 이미 그녀가 甲의 의도를 알고 있었다는 글이 적혀 있었지. 그리고 치매에 걸린 자신으로 인해 고통받는 며느리 甲에 대한 미안함과 고마움이 구구절절이 나타나 있었어. 결국 甲이 사 온 독약을 그녀는 본인의 손으로 마신 거지……. 또한 이 이야기를 알게 된 甲은 자신이 시어머니를 직접 살해하지는 않았지만 법정에서 내린 중형을 달게 받겠다고 다짐했고 말이야."

"……."

교수의 마지막 말로 인해 강의실 내에 침묵이 흘렀다. 교수는 학생들을 한 차례 훑어보고는 이내 대남을 향해 시선을 돌렸다.

"시보 때는 이보다 더 믿기지 않는 사건들을 숱하게 접하게 될 거라네. 현실은 언제나 소설과 드라마보다 더 말이 되지 않으니 말이야. 난 때마침 위 사건이 끝나갈 때 검사 시보를 나가게 되어 甲의 마지막 재판 모습을 보았어. 그녀는 울고 있더군. 자신이 무죄가 되거나 형의 감량이 확정적인 재심이었지만 시어머니에 대한 죄송함 때문에 울음을 참지 못하고 있었어. 위 사건에서 甲에 대한 불능미수와 중지미수, 정범과 공범의 죄책을 따지기에 앞서 내가 이야기를 꺼낸 이유를 알고 있나. 대남 군."

교수의 물음에 강의실 내의 이목이 대남에게로 집중되었다. 대답이 나오는 데 오랜 시간이 필요할 거라는 사람들의 생각과 달리, 대남은 생각을 거듭할 필요가 없었다.

답은 어차피 대화의 시작부터 나와 있었으니.

"영화보다 더 영화 같은 현실 속에서 법률의 조문으로 모든 것을 판단하지 마라. 그것입니다."

대남의 대답에 교수는 흡족한 미소를 지어 보였다.

대남은 학교 생활과 함께 금양출판의 일을 병행했다. 금양출판으로 가는 길 내내 대남의 머릿속엔 오전 전공 강의 시간에 들었던 교수의 일화가 생각이 났다.

'그러고 보면 참 신기하단 말이야.'

영화보다 더 영화 같은 현실이 자신에게도 펼쳐졌으니 말이다. 초능력을 통해 미래의 세상이 보이고 뜻밖의 지식이 파도가 일듯 머릿속으로 스며들어 왔다. 이로 인해 지금의 자신이 있는지도 몰랐다.

대남은 고개를 들어 하늘을 바라봤다. 평소 신앙심이 없어 종교를 갖고 있진 않았지만 오늘만큼은 도대체 자신에게 이러한 사명(使命)이 내린 까닭이 무엇일까 싶었던 것이다.

초능력을 얻고 나서 김동율 작가의 고난의 시대와 더불어 목스 녹스, 그리고 이규화 선생의 유작 동녘의 꽃에 이르러 결국 문단의 황금기까지.

어떻게 보면 대남으로 인해 황금기를 맞이하게 된 문단이다.

"아버지."

어느새 금양출판에 도착한 대남이 사장실에서 아버지를 향해 입을 열었다.

"저 연수원 들어가기 전까지 아직 시간 남은 거 알고 계시죠."

"암, 학교를 완전히 졸업하고 간다고 하지 않았냐."

"그동안 우리 사업 한번 크게 확장해 보는 게 어때요?"

"뭐어……? 확장?"

할아버지로부터 금양출판을 가업으로 물려받은 아버지로서는 사업 확장에 대한 말이 낯설게만 느껴졌다.

하지만 대남은 달랐다. 앞으로 급변하는 세상을 맞이하기 위해서는 출판사만으로는 살아남기 힘든 것이 자명했다.

"아버지도 문화·예술계 전반적으로 관심이 많으시잖아요. 이번에 그쪽으로 발을 넓혀 보는 게 어떠세요. 저희 금양출판에서 발간한 작품들뿐만 아니라 초야에 묻힌 진주 같은 작품들이 많잖아요. 영화각본이라든지, 뮤지컬 쪽도 요즘 한창 성장하고 있다고 하던데."

"흠…… 그러려면 기본 출자금이 많이 필요할 텐데 말이다. 네가 부자인 건 알고 있지만 그 정도로는 위험부담을 감당하기 힘들어. 더군다나 문화·예술계 전반적으로 사업을 확장하려면 그쪽 전문가들도 많이 고용해야 할 텐데 말이지."

아버지 또한 금양출판이 순풍에 돛 단 듯 흘러가고 있는 상황이니, 사업을 키워볼 생각을 안 한 건 아니었다.

다만 위험부담이 컸고 최종적으로 출자금을 낼 만한 융통

자금이 부족했다. 이윽고 대남이 아버지를 바라보며 입을 열었다.

"돈은 걱정하지 마세요."

한 달 전.

증권가에 또 다른 바람이 불고 있었다. 작년 신성(新星)이 나타나 단타 거래와 선물 옵션 등으로 수십억 원의 차익을 낸 반면, 목포의 백고래와 마산의 불개미 등 일명 슈퍼개미라 불렸던 '큰손'들이 연이어 죽을 쑤고 있다는 소문이 돌았다.

"돈은 벌 때도 있고 잃을 때도 있는 법이지요."

증권가에서 백고래라 불리는 늙은 노인은 자신을 향한 소문에도 너털웃음을 지어 보이며 한 귀로 흘릴 뿐이었다.

수십 년간 주식시장에서 살다 보니 횡보와 급락, 급등에도 심경의 변화가 적어졌다.

"신성이 다시 증권가에 나타났다지요?"

"예, 달 초부터 다시 주식거래를 시작했다고 합니다. 여전히 단타 거래와 선물을 이용하는 듯싶습니다."

"흠, 지금 시장은 횡보와 급락을 반복하고 있어서 상당히 위험부담이 클 텐데요?"

증권가의 격언 중에 이런 말이 있다.

떨어지는 칼날은 잡지 마라.

한데 신성이라 불리는 젊은이는 떨어지는 칼날을 잡는 것을 넘어서 칼날 위에서 재주를 부리고 있다 해도 과언이 아니었다.

백고래의 물음에 비서로 보이는 남자가 머리를 긁적이며 답했다.

"신성 또한 워낙 증권가에서 유명하다 보니 증권사 측에서도 신성의 위험한 투자 방식을 만류하지는 못했다고 합니다. 한데 들리는 말로는 언론사 직원이 신성에게 물어봤다고 합니다. 투자 비결이 뭐냐고 말이죠."

결례일 수도 있는 물음이었지만 마치 미래를 내다보는 듯한 신성의 과감한 투자 방식은 여태껏 증권가에서 백전노장으로 활약한 백고래 또한 궁금하기는 매한가지였다.

"그 비결이 뭐라고 합니까?"

"그게 좀 웃깁니다……."

이윽고 주름이 깃든 백고래의 귓가로 비서의 목소리가 날아들었다.

"……꿈을 꿨다고 합니다."

"확실히 뜨긴 떴네."

대남은 조간신문을 내려다보며 읊조렸다. 신문은 요즘 장안의 화제를 일으키고 있는 〈고난의 시대〉 이야기로 가득하다. KBC 장편 기획 드라마로 편성된 〈고난의 시대〉는 첫 방영부터 인기몰이를 확실히 했다.

[고난의 시대, 드라마 기법의 새 지평 열어!]

[방송 3사 안방극장 싸움 고난의 시대 완승.]

[고난의 시대 김희옥 역의 신예 '설수영' 인터뷰 쇄도!]

이로 인해 신파극을 우려먹던 드라마계에서도 지각변동이 일어났다. 고난의 시대가 현대사의 비극을 관통하는 주제로 안방극장을 점령하니, 다른 방송국에서도 다양한 주제의 드라마 제작에 돌입했다.

"대남아, 너 설수영이랑 친하다고 했지."

"친하다고는 안 했어요. 얼굴만 알고 있다고 했지."

"그게 그거지, 요즘 연수원에서도 고난의 시대 때문에 설수영이 완전 인기잖냐."

서찬구는 사법연수원에 입소했지만, 주말이 되면 이따금 한국대학교를 찾아와 대남을 만나곤 했다.

숨 가쁘게 진행되는 연수원의 커리큘럼을 따라가려면 한시도 쉴 틈이 없을 터인데 시간을 내어 모교를 찾는 이유에는 별다를 것이 없었다.

"연수원 안 힘들어요?"

"힘들지. 그래도 일주일에 하루는 쉬어줘야 하지 않겠냐. 주말 하루까지 반납해 버리고 법학 공부하고 있으면 정말 골병든다. 골병들어."

서찬구는 눈 밑이 퀭한 것이 고시 생활을 했을 때만큼이나 피곤해 보였다. 사법연수원의 악명이 괜히 높은 게 아닌 듯했다.

서찬구는 대남이 보는 조간신문을 훑어보다 신문 한편에 마련된 주식 칼럼을 보았다.

평소 거물이라 알려진 주식시장의 큰손들에 관한 이야기였다. 불현듯 무언가 생각이 난 듯 서찬구가 대남을 바라보며 물었다.

"대남아, 너 목포의 백고래라는 사람 알고 있냐. 증권가에서 꽤 유명한 인물이라고 하던데……?"

"그 사람을 선배가 어떻게 알아요?"

"연수원 교수님이 현역 시절 얘기하다가 잠깐 언급하더라. 대검 금융조사국에서도 처음에는 백고래라는 위인이 증권 조작하는 사기꾼인 줄 알고 수사했다가 허탕만 쳤다고 하더라고. 강남 바닥에 있는 빌딩 수십 개가 백고래 거라고 하던데, 너도 증권가에서는 꽤 유명하니까 혹시 알까 싶어서 물어봤다."

"평생 돈 이야기 안 하던 양반이 갑자기 웬 돈 이야기래."

대남의 물음에 서찬구는 머리를 긁적이며 답했다.

"나도 검사를 목표로 하고 있는 사람이잖냐. 근데 선배들 말 들어보면 그것도 영 아니올시다더라. 수사에 필요한 컴퓨터가 지원이 안 되어서 사비를 쓰기도 하고, 수사실비가 부족해서 월급으로 수사실비를 충당한다더라. 윗선으로 올라갈수록 대우가 괜찮아지기는 하는데 말단은 너무 열악해. 그러니까 대부분이 재력가하고 붙어먹으려고 하지."

검찰에선 우스갯소리로 수사실비만 제대로 들어와도 암암리에 대기업의 후원을 받는 행위가 종결될 거라 말하기도 했지만, 대남은 그렇게 생각하지 않았다.

지금은 장학생 명목으로 대기업의 후원 제도가 유지되고 있지만 훗날에는 더욱 내부까지 파고들 것이다. 재력가들은 법의 테두리 안에서 항상 보험을 들려고 하기 때문에.

"전 이제 가봐야겠네요."

"어딜? 너랑 같이 점심 먹으려고 했는데."

"선약이 있어서요."

평소 금양출판을 오가는 것 외에는 대남이 약속을 잡지 않는 것을 알았기에 서찬구는 의아한 눈으로 대남을 바라봤다. 그 모습에 대남이 자리에서 일어나며 말했다.

"백고래 만나러 가요."

- 9장 -

라비돌

'목포의 백고래'는 대한민국 주식시장의 살아 있는 전설이라고 불리는 인물이었다.

유신 정권 전후 증권가에 상장된 기업은 수가 적었고, 주식의 이동과 가치가 현저히 떨어졌던 시점이었지만 백고래는 그 순간 증권가에 홀연히 등장했다.

그가 여태껏 쌓아 올린 명성은 대남이 비할 바가 못 되었다. 증권가에서는 살아 있는 신화로 불리며, 상장 기업들에 대해 취득한 지분율만 따져보아도 웬만한 기업에 비견될 정도였다.

"그대가 신성이군요."

늙은 노인, 백고래는 당신의 갑작스러운 약속을 받아준 대남에게 감사함이 담긴 인사말을 건네었다.

"입에 맞을지는 모르겠으나, 많이 들어요."

대남이 백고래를 만나기 위해 찾아간 곳은 '이산설농탕'이라는 작은 설렁탕집이었다. 그의 재력이라면 제철을 따지지 않는 산해진미가 수놓아진 식탁도 부족할 법한데 왠지 설렁탕집과 백고래의 모습은 어색하지가 않았다.

"난 말이에요, 어려서부터 설렁탕을 참 좋아했습니다. 해방 후 저잣거리를 전전하며 구걸을 할 때였지요. 아버지가 병으로 돌아가시고 어머니 또한 얼마 가지 않아 몸져눕게 되었지만 어디 도움을 받을 곳이 없었습니다. 다들 굶주림에 지쳐 있을 때였고 온정이라고는 찾아보기 힘들었던 시절이니 말이죠. 어머니가 그렇게 드시고 싶어 하시던 설렁탕 한 그릇을 끝내 갖다 드리지 못했지요. 결국 어머니는 돌아가시는 그 날까지 따뜻한 밥상 한번 제대로 받아 보지 못한 겁니다."

아무도 알지 못했던 백고래의 과거가 그의 입에서 술술 흘러나왔다. 대남은 잠자코 이야기를 경청했다.

열 길 물속은 알아도 한 길 사람 속은 모른다는 말이 있다. 허심탄회하게 말을 내뱉는 백고래의 의중을 알 수 있는 이는 없었다.

"본의 아니게 뒷조사를 했습니다. 사실 뒷조사랄 것도 없었지만 말이죠. 증권가에 신풍처럼 나타나 신성이 된 그대는 이미 꽤나 유명한 인물이었으니 말입니다. 학력고사 전국 수석에 더불어 이번에는 사법 고시 최연소 수석까지 보통 먹물 먹은 사람들은 돈벌레 소리를 못 듣게 마련인데, 그댄 참으로 특이하더군요. 욕하는 게 아니라 칭찬입니다."

"감사합니다."

"제가 오늘 그대를 왜 부른 건지 이유를 알겠나요."

"글쎄요. 제가 무모한 투자를 하고 있다고 생각하시기 때문입니까."

"반은 맞고, 반은 틀립니다."

백고래는 당신의 눈앞에 있는 젊은 청년이 참으로 신기하게 여겨졌다. 인간이 만들어 놓은 부산물 중 가장 위대하고, 동시에 더러운 것이 있다면 다름 아닌 화폐일 것이다.

대단한 재력가라 할지라도 대남의 위험한 도박 같은 투자는 장난으로라도 절대 하지 않을 터인데 눈앞의 청년은 그런 외줄 타기를 아무렇지 않게 행했다.

"그대는 위험한 외줄 타기를 하고 있는 게 아니지요. 남들이 보기에는 신성이 지금 돈맛을 알게 되더니 천운을 믿고 증권가에서 거액의 도박판을 벌였다고들 하지만, 제가 보기에 당신은 이미 답을 알고 있어요."

"……."

"제가 여태껏 파악해 본 바로 김대남이란 사람은 그런 사람입니다. 확신이 없는 일에는 모든 것을 내던지지 않아요. 오히려 무모해 보이기 짝이 없는 행동은 치밀한 계획하에 이뤄진

행동이겠죠. 그리고 오늘 눈동자를 마주함으로써 알게 되었지요. 당신은 지금 위험한 외줄 타기가 아니라 남들이 가지 못하는, 보지 못하는 지름길을 찾아 걸어가고 있다는 것을."

대남은 백고래의 말에 놀랐지만 겉으로 내색은 하지 않았다. 증권가 백전노장이라 불리는 백고래의 눈가 주위로 깊게 파인 주름이 가득했지만 눈동자만큼은 청명한 젊은이의 눈만큼이나 빛나고 맑았다.

"제가 한 가지 여쭤봐도 되겠습니까?"

"좋아요, 궁금한 것이 있으면 무엇이든 물어보세요."

"어르신께서는 증권가의 태동부터 함께하셨다고 알고 있습니다. 대한민국의 현대사를 일궈낸 현금의 흐름과 함께 살아오셨다고 해도 과언이 아니신데, 과연 여태껏 수많은 돈을 벌어온 이유가 무엇입니까."

목포의 백고래라는 별칭으로 살아오며 노인은 많은 경험을 겪었더랬다. 어렸을 적에는 약 한 봉지 살 돈이 없어 어머니를 허무하게 잃었고, 마지막 가시는 길까지 제대로 보살피지 못했다.

주사위가 굴러가듯 한 치 앞도 헤아리기 힘든 세상을 드넓은 바다를 거니는 고래처럼 수많은 돈을 벌어왔지만 그 누구도 자신에게 질문을 던지지 않았다.

"어렸을 적에 설렁탕을 사지 못했던 그 시절의 감정으로 인해 돈의 홍수에 빠져들었는지도 모르지요. 어느새 정신을 차

려보니 역사가 바뀌고 그 주인들이 바뀌어 있었습니다. 이 손등에 핀 검버섯처럼 늙어 있었고요. 저는 그간 누군가를 찾고 있었는지도 모릅니다. 어렸을 적 여의었던 어머니일지도, 아니면 새로운 세상을 만들어줄 구원자일 수도……. 그럼 이제 제가 물어봐도 되겠지요."

이윽고 백고래는 대남을 향해 자세를 앞당기고는 입을 열었다.

"굶주린 이에게는 동전 한 닢이 그 무엇과도 바꿀 수 없는 천금이지만 배부른 이에게 동전 한 닢은 그저 구리에 불과하지요. 그대는 무엇을 위해서 돈을 버는 것입니까."

많은 뜻을 함축하고 있는 백고래의 물음에 대남은 한참 동안이나 고민을 거듭할 수밖에 없었다. 쉽사리 해답이 나올 수 있는 물음이 아니었기 때문이다.

한 식경(一食頃)이 흘렀음에도 백고래는 대남을 재촉하지 않았다. 오히려 설렁탕 본연의 맛을 느끼려는 듯 천천히 음미하고 있었다.

"이 설렁탕은 누군가에겐 그저 한 끼 배를 채울 수 있는 음식이지만 또 다른 이에겐 임금님 수라상 부럽지 않은 진미이며, 그리웠던 시절을 되짚어 볼 수 있는 추억의 단편이지요. 분명 제각기 가지는 뜻은 다르나 한 가지 공통점이 있다면, 어머니의 손길만큼이나 우리네의 속을 따스하게 해준다는 점입니다."

백고래가 허여멀건한 설렁탕 국물을 들이켜며 그렇게 말을 했다. 이윽고 백고래가 설렁탕 뚝배기를 소리 나게 내려놓으며 말을 이었다.

"저는 하나밖에 없는 아들을 일찍 잃었습니다. 과거 사랑하는 아내가 천신만고 끝에 아들을 가졌지만 조산을 겪는 와중에 결국 세상을 떠났습니다. 그녀가 마지막으로 세상에 남기고 간 아들은 저의 하나밖에 없는 보물이자 삶의 목적이었지요……. 한데 십여 년 전 아들이 군 복무를 하던 와중 사망했습니다. 아직 꽃봉오리도 피워보지 못한 청춘이었는데 말입니다……."

백고래는 입안이 텁텁한 듯 물 잔을 들어 한 차례 목을 축였다. 그의 청명한 눈동자는 과거를 회상하는 듯 먼 곳을 응시하고 있었다.

"제 아들은 1980년 광주에서 시작된 민주화 운동의 열기를 붙잡으라는 정부의 명을 받들고 차출된 계엄군이었습니다. 저는 제 아들이 죽어간 그 날을 비난하지도, 증오하지도 않습니다. 떠나가 버린 봄을 되찾기 위한 그들의 열망을 제가 어찌 모르겠습니까……. 아들을 죽음으로 몰고 간 건 민주화 운동의 열기로 가득 찼던 그해 광주의 금남로가 아닌, 억지로 역사의 순리를 거스르려는 이들의 아집과 물욕이 아니었을까요."

겉으로만 보자면 백고래는 대한민국에서 내로라하는 재력가였다. 증권가에서 이룩한 업적을 살펴만 보더라도 범인이라면 상상치 못할 인생을 살고 있는 남자였다.

한데 그런 남자의 가려진 삶 속에는 아무도 알지 못했던 슬픔이 존재했다.

"……증권가에서는 지금에야 저를 가리켜 백고래라 칭하지만, 과거에는 돈에 미친 금귀라고 불리기도 했고 금전으로 사람을 말려 죽인다는 손가락질도 숱하게 받았었습니다. 주식시장이란 게 누군가가 돈을 벌면 누군가는 잃는 구조로 이뤄져 있으니 말이지요. 그럼에도 불구하고 제가 증권가를 떠나지 못했던 이유는 이곳이 마지막으로 남은 제 보금자리이기 때문입니다. 백고래라는 별칭이 없다면 전 그저 이름 없는 노인에 지나지 않습니다. 백고래로 살기 위해 이곳에 있는지도 모르지요……. 그럼 다시 묻겠습니다. 그대가 돈을 버는 이유는 무엇입니까."

그제야 대남은 백고래가 자신을 찾은 이유를 깨달았다. 이윽고 대남이 백고래를 바라보자 그도 청명한 눈동자로 대남을 마주했다.

“어르신, 황금의 저녁이라는 말을 아십니까. 제아무리 태양을 집어삼킬 듯 밝았던 황금조차도 언젠가는 그 빛을 잃고 황혼이 깃드는 저녁을 맞이하게 마련입니다. 저는 짧은 삶을 살아오면서 이러한 말이 어울리는 이를 많이 접해왔습니다. 인생에서 빛을 잃은 이가 있는 반면, 애초에 빛을 내지 못했던 이도 있었습니다. 순탄하지 않은 역사 속에서 그들이 제대로 된 갈피를 잡기는 아주 요원한 일이지요.”

대남의 이야기가 계속될수록 백고래는 흥미진진한 표정으로 경청했다.

그 순간, 대남은 처음 초능력을 얻었을 때를 떠올렸다. 케케묵은 보물 지도의 끝자락에서 얻어낸 <고난의 시대>를 처음 마주했던 그때를.

곧이어 대남이 자세를 고쳐 앉아 백고래를 바라보며 말을 이었다.

“어르신께서 백고래로 살기 위해 증권가에 계신 것이라면, 저는 정처 없이 떠나가 버린 이들의 황금기를 되찾아주고자 있는 것일지도 모릅니다. 애초에 아무것도 없는 인생에 페달을 밟게 해준 것도 그 이유였으니까요.”

“la vie d’or(라비돌).”

대남의 대답에 백고래는 짧게 읊조렸다. 이윽고 백고래가 입가에 깊은 미소를 지어 보이며 말했다.

"불어로 황금빛 인생이라는 말입니다. 그대는 그 누구보다도 황금으로 물든 인생을 살고 있군요."

백고래는 대남을 바라보며 많은 생각을 거듭했다. 돈벼락이라고 표현해도 좋을 만한 거액을 손아귀에 쥔 젊은 청년의 입에서 나온 대답이라 하기에는 믿기지가 않았기 때문이다.

금은보화가 많다고 한들 주위까지 진정 풍요롭게 만들지 못한다. 자신의 눈앞에 있는 젊은이는 어떻게 보면 간단하지만 결코 쉽사리 깨달을 수 없는 이치를 깨달았는지도 모른다.

"해가 지는 저녁의 노을은 드넓은 하늘을 붉게 물들게 하지요. 그대의 노력으로 기억의 저편으로 사라진 이들의 황금기를 되찾아준다면, 그것이 진정 그대의 인생이 황금빛으로 물들어가게 되는 이유이겠지요."

"과찬이십니다."

백고래는 자신의 칭찬에도 겸손하게 말을 하는 대남을 바라봤다. 신성(新星)을 만나러 온 길목에서 새롭게 자라나는 새싹을 마주할 줄 알았건만, 이미 거목(巨木)이라 칭해도 좋을 만큼 깊은 의지를 가진 청년을 만났다.

"인생의 말년에 참으로 진귀한 만남을 하게 되었습니다."

백고래는 앞으로 대남의 가지가 어떻게 세상을 향해 뻗어나갈지 궁금했다. 법조계와 증권가에서도 그 두각을 드러내었고, 앞으로 남은 인생이 많은 젊은이다.

그를 바라보는 백고래의 눈동자는 마치 금은보화에 반사된 것 같이 형형히 빛이 났다.

구관이 명관이라는 말이 있다. 금양출판은 대남의 조부가 일으켜 세운 출판사로 그 명맥이 깊었고, 민중 봉기의 역사 속에서 함께 성장했다고 해도 과언이 아니었다.

지금에 이르러서는 출판 단지의 부흥을 이끌며, 거액의 공모전을 개최해 한국문학의 황금기를 불러오고 있다고 평가받고 있었다.

"아버지, 앞으로 문화·예술계 전반적으로 사업을 확장하려면 새로운 사명(社名)이 필요하지 않을까요."

"흠, 할아버지 대부터 쓰인 '금양'이라는 이름을 바꾸자는 것이냐."

아버지는 사업 확장에 관해서는 긍정적인 면모를 보였으나 사명을 바꾸자는 말에는 고개를 갸웃거리셨다. 그것도 그럴 것이 할아버지의 인생과 아버지의 젊은 날이 전부 금양출판에 오롯이 담겨 있었기 때문이다.

"아니요, 출판업에 관해서는 금양이라는 사명을 계속 쓰는 게 좋을 것 같아요. 앞으로 공모전의 주최가 되어야 하니까 선

불리 출판사명을 바꾸면 안 되고, 결정적으로 금양은 뜻깊은 이름이잖아요. 제가 말씀드리는 건 사업 확장을 하면서 쓰일 사명을 말하는 거예요."

"굳이 다른 사명을 쓸 필요가 있을까, 솔직히 아비가 생각하기에는 금양이라는 이름은 어디를 가져다 붙여도 나쁘지 않을 것 같은데 말이다."

세상은 새로운 패러다임을 요구하고 있다. 불과 십 년 전과 지금이 다르듯, 십 년이 흐른 후에는 더욱 세상이 경천동지(驚天動地)하게 바뀌어 있을 것이다.

금양이라는 이름이 나쁘지는 않으나, 세계적인 글로벌 시장에 발맞추기 위해선 사명을 바꿀 필요가 있었다. 또한 이제부턴 아버지가 아닌, 대남이 주축을 이룬다는 세대 변화의 기점이기도 했다.

"앞으로 문화·예술계에 관해 사업을 확장하다 보면 발을 넓힐 곳이 우리가 예상한 것보다 더 넓을 거예요. 지금의 사명이 나쁘지는 않으나 모두의 인식을 사로잡으려면 바꿀 필요가 있다고 생각해요."

"생각해 둔 사명은 있고……?"

아버지의 물음에 대남은 고개를 끄덕였다. 이윽고 대남은 아버지를 바라보며 머릿속으로 떠올렸던 사명을 입 밖으로 말했다.

"Golden sheep(황금 양)."

금양의 이름을 그대로 영문자로 표기한 것이나 다름없었지만, 그 뜻은 분명 달랐다.

어느새 창밖은 혹한의 날씨가 지나가고 봄날의 따스함이 피어오르고 있었다. 대남은 그 열기와 향취를 느끼며 입을 열었다.

"양모는 양의 생애 중 봄날에만 생산되죠. 황금 양을 키워내어 황금 양모를 널리 퍼뜨릴 수 있는 그런 기업이 되었으면 하는 마음에서 지은 사명입니다."

- 10장 -

대국민 퀴즈 쇼

"한비자가 말하길 과거와 현재는 풍속이 다르고, 옛것과 새 것을 의미하는 것이 다르기 때문에 시대에 따라 자연적으로 법이 바뀔 수밖에 없다고 했지. 한비의 스승이었던 순자는 예치(禮治)를 통해 나라를 다스려야 한다고 했고, 제자인 한비자의 경우 그보다 강력한 형법(처벌)을 통해 나라를 다스려야 한다고 했다네."

법학총론 강좌의 박 교수는 한 발짝 앞으로 걸어가며 강의를 계속해서 이어 나갔다.

"현재의 우리나라는 강력한 형법을 통해 법치주의 국가로서 나라를 다스리고 있다고 볼 수 있지. 하지만 언제나 강력범죄는 기승을 부리고, 범법자의 재범률 또한 낮은 편이 아니야. 한마디로 갱생 자체가 원활하게 이루어지기 힘들다는 것이지. 자네들이 생각하기에 우리나라의 형벌은 강력한 편인가, 만약 아니라면 어떤 방식으로 법이 바뀌어야겠는가. 한번 생각들 해보시길 바라면서 오늘 강의는 이쯤 하지."

박 교수의 강의가 끝나고 모두 짐을 싸며 자리에서 일어났다. 대남도 앉아 있던 자리를 정리하며 일어서려는 찰나, 강의를 맡았던 교수가 대남을 불러 세웠다.

"대남 군."

"네, 교수님."

"잠깐 나 좀 보고 가도록 하지."

평소 대남에게 별다른 말이 없었던 교수의 부름이었기에 무슨 일인지 의아했다.

이윽고 박 교수를 따라 도착한 교수 방에는 각종 학위 수여증과 법률 저널에서 그를 소개하는 기사의 스크랩 액자들이 벽면을 가득 장식하고 있었다.

박 교수는 내어 온 커피가 식을 정도로 고민을 하다 입을 열었다.

"대남 군, 이번에 내가 KBC 방송국 측에서 섭외 전화를 한 통 받았거든."

"……."

"KBC에서 시사·교양 프로그램 중 하나로 대국민 퀴즈 쇼를 준비하고 있다고 해. 그 첫 번째 출연자로 나를 섭외하고 싶다고 하더군. 사실 일전에 퀴즈 쇼를 진행하는 PD한테 도움을 받은 적이 있어서 쉽사리 거절하기도 그래."

박 교수는 한국대학교 법학부 내에서도 법학 지식이 뛰어나기로 유명한 교수였다. 본래 대검찰청 현직에 있다가 학문 연구가 더 성품에 맞아 교육자의 길로 접어들었다고 한다.

법학 논리에 관해선 국내에 박 교수를 따를 자가 없다는 것이 정설이었지만, 성정이 유순하고 온화하며 동시에 내성적인 면도 있어 남 앞에 나서길 싫어하는 스타일이기도 했다.

"한데 내가 방송 출연 자체를 워낙 싫어하거든. 카메라 울렁증도 심한 편이고 말이야……. 그래서 말인데 자네가 대신 나가주면 안 되겠나?"

"……네?"

"방송국 PD한테 물어보니 자네가 첫 출연자로 나와 준다면야 더할 나위 없이 좋을 것 같다더군. 요즘 자네가 언론 매체에서 가장 관심받는 사법 고시 합격자 아닌가. 자네의 두뇌가 명석하다는 것은 그 누구도 부정할 수 없는 사실이지."

"감사합니다. 그런데 교수님, 너무 갑작스럽게……."

"PD 말로는 만약 내가 고사하면 자네한테 연락을 하려고 했다더군. 당연히 시청률을 생각한다면 유명인인 자네가 더 도움이 되겠지만 아무래도 나의 체면을 생각해서 나한테 먼저 연락을 한 듯해. 내가 자네를 가르치는 교수이지 않나. 어떤

가, 괜찮은 경험이 될 것 같은데. 정 부담스러우면 강요할 수는 없고 말이네……."

"아닙니다, 한번 나가보죠. 교수님 말씀대로 좋은 경험이 될 것 같습니다."

박 교수의 재촉에 대남은 어쩔 수 없이 고개를 끄덕여 보였다. 그 모습에 박 교수는 입가에 진득한 미소를 지었다. 아무래도 방송에 출연하지 않게 된 것이 꽤나 기분 좋은 듯했다.

"교수님, 그런데 촬영 녹화는 언제랍니까?"

"음, 그게……."

박 교수는 한참을 뜸을 들이다 대남의 손을 마주 잡으며 말했다.

"생방송 촬영일세."

박 교수로부터 '대국민 퀴즈 쇼'에 관한 이야기를 듣고 난 후 얼마 지나지 않아 KBC 시사·교양국에서 대남을 찾아왔다. 공강을 맞아 대남이 금양출판에서 업무를 보고 있을 무렵이었다.

"대남 씨, 방송국 사람이 대남 씨 만나러 왔는데, 또 인터뷰야?"

석혜영 대리가 대남의 어깨를 두드리며 말했다. 고개를 좌우로 가볍게 흔들며 또 인터뷰냐는 석혜영의 표정에 대남은 의미 모를 웃음을 지으며 자리에서 일어났다.

"안녕하세요, 김대남입니다."

"아, 안녕하세요. 이번에 기획 중인 대국민 퀴즈 쇼 작가 김도연입니다. 기획 PD님은 오늘 세트장 증축 문제 때문에 바쁘셔서 제가 먼저 왔습니다."

그녀는 시사·교양국의 작가로서, 대학교를 졸업하고 얼마 지나지 않은 듯, 아직 얼굴은 커리어 우먼이라기보다는 대학생에 가까울 정도로 앳되었다.

"저희 프로그램에 출연을 결정해 주셔서 정말 감사합니다."

"아니에요. 저도 좋은 경험 하고 상부상조하는 거죠, 뭐."

대남의 말에 그제야 안심이 되는 듯 김도연이 미소를 지어 보였다. 그녀는 대남이 프로그램에 참가하기에 앞서 '대국민 퀴즈 쇼'에 대한 간략한 소개와 대남의 인터뷰를 위해 온 듯했다.

"프로그램의 진행은 KBC 아나운서국의 류정환 아나운서가 맡아주실 거예요."

류정환 아나운서는 KBC의 간판 아나운서라고 말할 수 있다. 훈훈한 외모와 더불어 외국 대학에서 수학을 한 인텔리로 실력이 정평이 나 있는 사람이었다.

"'대국민 퀴즈 쇼'는 말 그대로 전 국민을 대상으로 하는 퀴즈 쇼예요. 전국에서 이름난 수재들을 매회 초청해서 총 20단계로 이뤄진 문제를 풀게 되어 있는데요. 끝까지 다 맞히시게 되면 상금 오천만 원을 드리게 되어 있어요."

"오천만 원씩이나요? 웬만한 아파트 한 채 값이 넘네요. 문제가 꽤 어렵나 봐요?"

생방송으로 진행되는 퀴즈 쇼에 매회 오천만 원의 상금을 내걸었다는 것은 KBC 방송국 측에서도 그만한 자신감이 있다는 것이었다. 대남의 물음에 김도연이 고개를 끄덕이며 입을 열었다.

"생방송이다 보니 촬영이 빨리 끝이 나면 안 돼서, 초기 단계의 문제는 일반인도 풀 수 있을 정도의 수준으로 설정해 놓았고요, 10단계가 넘어가면서부터는 난이도를 상당히 조정해 놨습니다. 그래서 저희가 웬만한 수재가 아니고선 애초에 섭외를 하지 않는 거고요."

"첫 번째 출연자가 저인데 괜찮을까요."

대남의 겸손에 김도연이 손사래를 치며 말했다.

"사실 교양국에서는 대남 씨를 가장 일 순위로 생각하고 있었어요. 젊은 나이에 사법계를 넘어 증권가에서도 종횡무진하는 대남 씨의 모습을 보고 이미 언론에서는 불세출의 천재라면서 조명하고 있잖아요. 일반인 중에서 이렇게 파급력이 큰 캐릭터를 찾기란 쉽지 않죠."

이윽고 김도연은 대남에 관한 인터뷰를 진행했다.

"저희가 알아본 바로는 대남 씨가 학력고사 시험을 치르는 도중 급성구획증후군이라는 희귀병으로 통증이 상당했었음에도 시험을 모두 마친 뒤 실신했다고 들었습니다. 그럼에도 불구하고 더 대단한 것은 전국 수석을 차지했다는 건데요. 많은 사람이 이런 정신력을 두고 과거 같았으면 장군감이라고 치켜세우고 있는데, 이에 관해서는 어떻게 생각하시나요?"

"당시에는 시험에 몰두해 있어서 그다지 아픈 느낌을 받지 못했습니다. 시험이 끝나고 나니 다리가 풀리고 온몸이 떨리더라고요. 그러고는 곧장 정신을 잃었죠. 아버지가 한 번씩 말씀하시는데, 정신력이라기보다 고집이 세서 아픈 걸 참은 것 같다더라고요."

"역시 대단하십니다. 이번에는 최연소로 사법 고시를 수석으로 합격하셨는데 이에 관해서도 하실 말씀이 많으실 것 같습니다. 남들은 대개 수년 동안 고시 생활을 거치고 나서야 붙을까 말까 한데, 대남 씨는 고시 준비 기간도 상당히 짧았던 것으로 알고 있는데 초시에 동차 합격하셨다죠? 혹시 비결이라도 있나요……?"

김도연의 물음에 대남은 잠깐 고민했다. 이걸 사실대로 말해줘야 하나, 말아야 하나.

이윽고 눈동자를 빛내며 자신을 바라보는 김도연을 향해 대남이 입을 뗐다.

"오프더레코드로 말씀드려도 될까요?"

"음, 뭐 상관은 없어요. 어차피 대개 저희가 포장을 잘해 드리니까."

"쉬웠어요."

"……네?"

"생각보다 쉬웠다고요."

김도연이 황당한 표정으로 대남을 바라봤다. 사법시험은 고시 중에서도 최고의 난이도로 손꼽히는 시험이었다.

법에 관심이 없는 일반인이라고 할지라도 그 위엄을 모르지 않았고, 흔히 말해 '개천에서 용이 날 수 있다'는 표현이 적합한 등용문의 장이었다.

"진심이시죠……?"

김도연의 물음에 대남이 짧게 고개를 끄덕였다. 대남의 표정은 그 어느 때보다도 꾸밈이 없었다. 그 모습을 보자 김도연은 저 사람이 거짓말을 하는 것이 아니라는 것을 단번에 알 수가 있었다.

"아 참, 제가 조금 전에 설명 못 한 부분이 있는데, 대국민 퀴즈 쇼는 생방송으로 진행되고 만약 20단계 문제를 전부 통과한 수상자가 나타나게 된다면 그 회부로 방송은 종료됩니다."

"방송이 종료된다고요?"

"네, 교양국 측에서도 꽤나 심도 있게 준비하는 작품이고 이번 기회를 통해서 전국적으로 퀴즈 쇼 열풍을 일으키리라고 장담하고 있거든요. 아무리 대남 씨라고 해도 이번만큼은 쉽지 않을 거예요."

김도연은 대국민 퀴즈 쇼를 상당히 신임하고 있는 듯했다. 애초에 프로그램 기획을 맡은 시사·교양국 측에서도 20단계까지 성공하는 일반인이 나타날 경우 그대로 방송을 폐지하기로 원칙을 세웠기 때문이다.

한마디로 배수의 진을 친 것이나 다름없었다.

"그 정도 파격적인 규칙이라면 당연히 흥행은 떼어 놓은 당상이네요."

대남의 말에 그제야 흡족한 미소를 지어 보이는 김도연이었다.

"그럼 마지막으로 여쭤보겠습니다. 이번 대국민 퀴즈 쇼에 임하는 대남 씨의 자세가 궁금해요. 아무래도 1회 방송에 첫 번째 일반인 참가자로서 부담감이 상당하실 것 같거든요."

김도연의 물음에 대남은 머리를 긁적였다. 그 모습이 김도연에게는 초조해하는 것으로 보였으리라. 그러나 대남의 속마음은 달랐다. 이윽고 대남의 입술이 천천히 열렸다.

"오랫동안 준비하셨을 프로그램일 텐데 말이에요."

"……?"

"미안한 감정이 먼저 드네요."

대남의 말에 의문스러운 표정을 지어 보이는 김도연이었다. 그녀는 곰곰이 생각을 해보아도 대남의 말이 도통 이해가 되지 않는 듯했다. 이윽고 도연이 고개를 주억거리다 이내 대남을 바라보며 입을 열었다.

"왜 미안하다는 말씀이시죠……?"

"이번 대국민 퀴즈 쇼가 KBC 창사 40주년 특별 기획으로 꾸려지는 프로그램이죠?"

"……네, 그런데 그건 왜……?"

김도연의 물음에 대남은 머리를 다시 한번 긁적이며 말했다.

"걱정하지 마세요, 41주년 특별 기획도 분명 있을 테니까."

[KBC의 야심작 '대국민 퀴즈 쇼' 대망의 1회 출연자 사법 고시 최연소 수석 '김대남']

[사법 고시 수석 '김대남' 曰 대국민 퀴즈 쇼, 사법 고시만큼이나 쉬울 것 같다.]

[상금 오천만 원과 방송 폐지를 놓고 벌이는 퀴즈 쇼, 이달 말 개봉 박두!]

며칠 뒤, 대남의 이름이 언론에 다시 오르락내리락하기 시작했다. KBC 시사·교양국에서 야심 차게 준비한 대국민 퀴즈 쇼의 첫 번째 출연자가 되었기 때문이다.

KBC 측에서도 새 프로그램에 거는 기대가 큰지 연일 방송 매체를 통해 홍보에 박차를 가했다.

"선배, 저는 선배가 퀴즈 쇼에서 문제 다 풀 거라고 믿어요!"

"저도요!"

법학부 교정을 거닐다 보면 이름 모를 후배들이 대남을 향해 다가와 응원해 주는 일이 잦아졌다.

삼 학년에 접어들고 나서부터는 대남의 밑으로도 한두 살 어린 후배들이 많이 들어왔는데, 여후배들은 대개 대남에게 사심 가득한 눈빛을 보냈고 남자 후배들은 선망 가득한 시선으로 바라봤다.

'이게 그렇게 인기인가……'

퀴즈 쇼라는 프로그램의 성격 자체가 오락성과 교양성을 동시에 가지기도 했지만 사람들이 이렇게 대국민 퀴즈 쇼에 열렬한 관심을 보이는 이유는 따로 있었다.

아마도 공인된 수재들의 출연과 더불어 막대한 상금, 그리고 수상과 동시에 프로그램이 폐지가 된다는 파격적인 규칙 때문일 것이다.

"미안하게 됐네."

법학총론의 박 교수는 대남을 향해 미안한 표정을 지어 보이며 말했다. 당신이 예상한 것보다 대국민 퀴즈 쇼의 스케일이 거듭 커졌기 때문이다. 애초에 방송국에서 의도한 대로 이제는 동네방네 모르는 이가 없을 정도로 유명해졌다.

"괜찮습니다."

"그래……."

대남의 짧은 말에 박 교수는 말꼬리를 흐리다 이내 말을 이었다.

"그런데 자네, 혹시 인터뷰 도중에 말실수라도 했나?"

"그게 무슨 말씀이십니까."

"오늘 자 조간신문에서 자네에 관한 기사를 봤는데 말이야. 자네에 대한 기사를 상당히 자극적으로 써놓았더군. 혹여나 방송국 사람들이 자네를 악용한 게 아닐까 싶어서 하는 말이라네. 대국민 퀴즈 쇼 기획을 맡은 PD가 내가 잘 아는 친구인데 그럴 사람은 아닐 테지만……. 혹시나 해서 말일세."

박 교수는 당신 때문에 제자가 곤욕을 치르고 있는 것은 아닐까 상당히 염려하는 기색이었다.

대남 또한 그런 그의 성정을 모르는 것이 아니었기에 고개를 저어 보이며 입을 열었다.

"기사 내용은 제가 한 말이 맞습니다. 방송국 작가한테 말을 한 것이 조금 와전된 내용은 있기는 하나 맥락은 다르지 않으니 정정 요청을 하지 않은 것이지요. 교수님께서는 걱정하지 않으셔도 됩니다."

"그렇다면야 어쩔 수 없지만, 방송국 내에서도 자네에 대한 관심이 많다더군. 아무래도 단단히 언론 매체에 포커싱이 잡힌 모양일세. 더불어 학과장님께서도 학생들을 데리고 단체 방청을 추진 중이라고 하시더구만."

"방청이요……?"

"대국민 퀴즈 쇼가 이렇게 유명해진 데다가 우리 법학부 출신 법학도가 1회 출연자로 뜻깊은 자리에 서니 그 영광을 다함께 목도하자는 취지일세. 아무래도 교수님들도 꽤나 참석하실 것 같아. 방송국 측에서도 한국대학교 법학부에서 단체로 방청을 오는 것을 아무래도 반기는 눈치이고 말이지."

공교롭게도 같은 법학과 선후배, 교수님들 앞에서 생방송 퀴즈 쇼에 참가하게 생겼다.

이 모든 원인의 제공자인 박 교수는 그저 실없는 미소를 지어 보일 뿐이다. 대남은 그런 박 교수를 바라보다 혹여나 하는 마음에서 물었다.

"혹시 교수님도……?"

카메라 울렁증이 있다고 주장한 박 교수는 대남의 물음에 기침을 몇 번 하고는 멋쩍은 듯 입을 열었다.

"……방청 울렁증은 없다네."

한 달이라는 시간이 흐르고 어느새 '대국민 퀴즈 쇼' 생방송 촬영이 불쑥 다가왔다. 대남은 아침부터 진수성찬인 밥상을 받으며 얼떨떨한 표정을 지어 보였다. 식탁 위에는 평소에는 볼 수 없었던 음식들로 가득 차 있었다.

"이게 다 뭐예요?"

"아들, 오늘 중요한 날이잖니."

"아니, 사법 고시 치는 날에도 이렇게까지는 안 해주셨잖아요."

"그때는 오히려 과식을 하면 체할지도 모르니까 그랬지. 오늘 같은 날은 방송 출연도 하고 전국적으로 네 얼굴이 TV를 타는데 볼이 푹 파인 모습을 보여줘서야 되겠니."

어머니는 이미 당신의 잘난 아들을 자랑하고 싶어서 안달인 듯했다. 며칠 전부터 전화기의 벨 소리가 끊이질 않아 뜨거울 정도였던 것을 보아하니 아들이 TV에 나오는 것이 꽤나 기분이 좋으신가 보다.

아버지는 그런 어머니의 모습을 보며 귀엽다는 듯이 웃어 보였다.

아침 식사를 끝낸 후 평소와 같았으면 한국대학교로 향하거나, 금양출판으로 발걸음을 옮겼을 테지만 오늘은 곧장 KBC 방송국으로 향했다.

성북동에서 대중교통을 이용하면 한 시간 남짓 거리에 있는 KBC는 그 유구한 역사처럼 엄중한 자태를 자랑하고 있었다.

"김대남 씨……?"

방송국 본관 로비에서 신원 확인을 하고 조연출을 기다리고 있을 찰나, 누군가가 대남을 알아보고 말을 걸었다. 대남은 목소리가 들려오는 방향으로 고개를 돌렸는데, 그곳에는 낯익은 인물이 서 있었다.

"맞군요. 반갑습니다, 이번 대국민 퀴즈 쇼의 진행을 맡은 류정환입니다."

"안녕하세요, 김대남입니다."

KBC 아나운서국의 간판 앵커로서 출중한 외모와 더불어 유려한 말솜씨 덕분에 인기 가도를 달리고 있는 인물이었다. 그는 대남의 손을 마주 잡으며 흡족하다는 미소를 지으며 말했다.

"이번에 대남 씨 덕분에 대국민 퀴즈 쇼가 더 대중의 관심을 끌게 된 거 알고 있죠? 정말 감사해요. 농담을 지나치게 하신 덕분에 방송국 사람들이 정말 덕을 봤습니다. 저도 사실 아홉 시 뉴스 앵커 자리 고사하고 대국민 퀴즈 쇼를 선택했거든요.

이런 노른자위를 누구한테 뺏길 수가 있나요."

'농담한 게 아닌데.'

대남이 속마음을 밝힐 틈도 없이 류정환은 사람 좋은 미소를 지어 보이며 계속해서 말을 이었다. 아무래도 TV에서 비치는 인상과는 달리 직업병인지 유달리 말이 많았다.

"사실 대남 씨가 1회 출연자로 낙점됐다는 이야기 듣고 너무 기뻤죠. 웬만한 수재도 아니고 언론에서 집중하고 있는 사람이잖아요. 드디어 소문 많은 잔칫집에 걸맞은 첫 번째 음식이 왔나 싶었죠."

"음식이요……?"

"에이, 비유가 그렇다는 거예요. 프로그램의 첫 회를 위한 제물이라고 표현할 수는 없으니까요."

류정환의 말에 떨떠름한 표정을 지을 무렵 뒤늦게 조연출이 나타났다. 그는 숨을 헐떡이며 지친 기색이 역력했는데, 류정환은 그를 보자마자 늦었다며 꾸지람을 가했다. 옆에서 보는 대남이 안쓰러울 지경이었다.

"죄, 죄송합니다."

"죄송하면 다냐? 나야 KBC 방송국 세트장을 아니까 찾아갈 수 있지. 출연자로 온 대남 씨는 이곳이 처음이잖냐. 네가 제대로 했어야지. 정신머리를 어디다 놓고 다니는 거야, 지금."

"저는 괜찮습니다. 이쯤 하시고 이만 준비하시죠. 생방송 리허설도 해야 하고 대본 숙지도 하셔야 될 텐데 말입니다."

대남의 중재에 그제야 류정환이 다시 사람 좋은 미소를 지어 보이며 대남을 바라봤다. 그는 대남의 손을 또 한 번 마주 잡으며 말했다.

"그럼 잘해 봅시다. 우리 한번."

이윽고 대남 또한 의미 모를 미소를 지어 보이며 입을 열었다.

"그럽시다. 한번 활활 타오르게 만들어 보죠."

"리허설 스탠바이 하고 나서 생방송 진행할게요."

대남이 출연자 대기실에서 기다리고 있을 무렵, 조연출이 조심스레 찾아와 말했다.

이미 생방송이 이뤄질 실내 세트장에는 스태프들이 전부 비상이 걸린 것처럼 분주히 움직이고 있었고, 때마침 대남의 얼굴을 알아본 김석태 총괄 PD가 잰걸음으로 다가왔다.

"오, 우리 대남 씨! 오시느라고 고생하셨습니다."

"뭘요, 아닙니다. 그런데 세트장이 생각보다 엄청 크네요."

"이번에 증축 문제로 꽤나 공을 들였습니다. 원래 장수할 프로그램은 초기 기반부터 잘 쌓아 올려야 하는 법이니까 말이죠."

김 PD는 '대국민 퀴즈 쇼' 세트장을 바라보며 흡족한 듯한 미소를 지어 보였다. 그러다 이내 고개를 돌려 대남을 바라보고는 주상이 신임하는 장군을 대하듯 눈동자를 빛내며 말했다.

"대남 씨, 리허설 촬영에서부터 아시겠지만 퀴즈 쇼 출연자의 경우 간략한 대본을 제외하고는 상황에 맞춰 진행됩니다. 하지만 생방송 촬영이라는 것을 감안하면 녹화방송보다는 방송 사고가 발생하지 않도록 정밀한 대본을 요하죠."

"……."

"하지만 오늘은 좀 더 리얼리티 느낌을 살려보죠. 대본 숙지는 필요 없을 것 같아요. 방송 사고야 워낙 똑똑한 분이니 문제없을 것이고, 사전 인터뷰 때만큼이나 대남 씨의 시원한 입담이 기대되네요. 우리 한번 가감 없이 진행해 봅시다."

김 PD는 일전에 이미 취재를 나갔던 방송 작가를 통해 들은 게 있어 대남의 성격을 대충 알고 있었다.

말을 함에 있어 거침이 없고 또 직설적이면서도 비방용 어휘를 사용하지 않으니 이보다 방송 출연에 적합한 일반인은 없을 것이란 생각이 들었다.

더군다나 이미 형성된 대남의 어록들로 언론이 들끓고 있는 지금, 생방송 중에 다시 한번 새로운 어록들이 추가된다면 대국민 퀴즈 쇼는 그야말로 처음부터 천정부지로 치솟는 시청률을 경험할 수 있으리라.

이윽고 김 PD가 손으로 잔 모양을 만든 후 소주 마시는 시늉을 하며 말했다.

“오늘 촬영이 무사히 끝나기만 한다면 교양 국장님께서 한턱 크게 내시기로 하셨습니다. 대남 씨도 저희랑 같이 가시는 게 어떻겠습니까.”

같이 가자라, 고민할 것이 많아지는 말이다. 확실히 잔칫집을 파투 낼 이가 갈 만한 곳은 아니기에.

“일단 생방송 촬영부터 무사히 끝나면 생각해 보도록 하겠습니다.”

생방송 리허설 스탠바이가 끝나고 얼마 지나지 않아 세트장에 방청객이 들어차기 시작했다. 추첨을 통해 뽑은 방청객도 있는 반면, 한국대학교 법학부에서 단체로 방청을 온 학생들과 교수진도 보였다.

학생들은 대남의 이름이 적힌 플래카드를 준비한 듯 방송 시작 전부터 그 응원의 열기가 대단했다.

“자, 이제 생방송 촬영 시작하도록 하겠습니다. 방청객분들은 모두 자리에 앉아 계시다가 출연자분이 등장하면 함께 큰 박수로 맞이해 주시면 되겠습니다.”

조연출의 외침과 함께 스태프들이 한층 더 분주해지기 시작했다. 류정환 아나운서는 이미 세트장의 정중앙으로 자리를 옮긴 뒤였고, 멘트를 숙지하면서 입을 풀고 있는 것이 눈에 보였다.

이윽고 류정환 아나운서의 말을 시작으로 생방송이 시작되었다.

"안녕하십니까, 시청자 여러분. 대국민 퀴즈 쇼의 진행을 맡은 아나운서 류정환입니다. 오늘 이 자리에서 오천만 원의 상금과 함께 방송 종료라는 방송 역사상 최고로 파격적인 룰을 가지고 퀴즈 쇼를 시작해 볼 텐데요. 이 방송계의 역사를 함께 써내려갈 첫 번째 출연자로 학력고사 전국 수석과 사법 고시 최연소 수석의 영예를 차지한 불세출의 천재 김대남 씨를 모시겠습니다!"

류정환 아나운서의 파격적인 소개와 함께 대남이 세트장 중앙으로 발걸음을 옮겼다.

대남의 발걸음을 따라 지미집 카메라가 따라 움직였다. 이윽고 등장한 대남의 모습에 한국대학교 법학도들이 자리에서 일어나 열렬히 성원했다.

"자, 김대남 씨. 오늘 하루 대국민 퀴즈 쇼의 주인공이 될지 아니면 20단계로 이뤄진 문제의 늪에 빠져 버리게 될지 앞으로 벌어질 미래가 참으로 궁금한데 말입니다. 오늘 대국민 퀴즈 쇼에 임하는 소감을 여쭤봐도 될까요. 항간에는 구렁이 담 넘어가듯 쉽게 풀어보겠다고 호언장담하셨다던데 말입니다."

진행자의 말에 김 PD가 긴장된 기색으로 대남을 바라봤다. 혹여나 질문의 강도에 못 이겨 말을 더듬거나 방송 사고라도 생기면 큰일이었다.

하지만 그런 김 PD의 걱정이 무색하게 대남은 오히려 입가에 미소를 지어 보이며 말했다.

"제가 구렁이 담 넘어가듯 문제를 쉽게 풀어나간다면 그건 아무래도 문제를 제대로 준비하지 못한 제작진의 문제겠지요. 다만 제가 그렇게 말한 이유는 아무리 어려운 문제를 눈앞에 직면하더라도 어떻게든 도전하고 파헤쳐 나가겠다는 다짐에서 비롯된 것이었습니다."

"역시 사법 고시 수석 합격자의 자세답습니다. 그럼 본격적으로 대국민 퀴즈 쇼를 진행하기에 앞서 사법 고시 최연소 수석 합격자로서 전국에 계신 고시생들과 이 자리를 지켜주시고 있는 한국대학교 법학과 학생들을 위해 한 말씀 해주시길 바랍니다."

진행자의 말이 끝나자 대남은 고개를 들어 방청석을 바라봤다. 법학부 선후배들이 플래카드를 들고 대남을 응원하고 있었다.

교수들 사이에서 박 교수 역시 흥미진진한 표정으로 손을 흔들고 있었다. 그 모습에 대남은 잠시 뜸을 들이다 시선을 돌려 정면 카메라를 바라보았다.

"추웠던 겨울이 지나가면 언젠가 봄은 오게 마련입니다. 설령 시험에 떨어졌다고 한들 실패자가 아닙니다. 수많은 탈피를 거듭한 송충이만이 하늘을 나는 나비가 될 수 있고, 그 순간이 당도하기까지가 아득히 멀어 보이나, 언제나 당신의 눈앞에 있다는 것을 잊지 말아주셨으면 좋겠습니다. 분명 태산을 넘는 순간 드넓은 평지가 보일 테니까요."

대남의 격려사에 눈시울이 붉어진 법학도들이 있었다. 그들은 청명제의 일원으로서 대남의 도움을 받았지만 사법 고시에서 고배를 마신 이들이었다.

카메라가 그들을 줌인해서 한 번 잡고 난 뒤에 다시 세트장 정중앙을 비췄다.

"정말 좋은 말씀이었습니다. 그럼 이제 본격적으로 대국민 퀴즈 쇼의 서막을 올려 보도록 하겠습니다.!"

진행자의 말과 함께 드디어 '대국민 퀴즈 쇼'의 서막이 올랐다. 김 PD는 자신의 인생에서 제일 화려한 커리어를 장식할 거라 확신하는 이 날을 감격에 젖은 눈빛으로 생생히 바라보고 있었다.

"총 20단계의 문제로 구성된 대국민 퀴즈 쇼는 출연자의 직업과는 무관하게 전 분야에 걸친 문제가 출제되며, 출연자분의 핸디캡을 고려해 10단계 이하에서 정답을 맞히지 못할 경우 한 번에 한해 패자 부활의 기회를 드립니다. 또한 소원권이라 하여 정답에 관해 주어진 시간 동안 전문 서적을 읽어보거나 방청객분 중 한 명에게 도움을 받으실 수도 있습니다."

혹여나 10단계 이하에서 출연자가 탈락하는 일을 방지하기 위해 방송국 측에서도 특단의 조치를 한 듯했다. 공들여 기획한 프로그램인데 1단계 문제에서 떨어지는 불상사가 생기면 안 됐으니 말이다.

"자, 그럼 문제 주시죠!"

곧이어 진행자의 말과 함께 세트장에 설치된 대형 화면을 통해 1단계 문제가 출제되었다.

"법학도인 대남 씨에게는 정말 어려운 문제가 아닐 수 없겠군요."

대형 화면에 공개된 1단계 문제에 모두 경악을 금치 못했다.

공과대학 dynamics(동역학)에 관한 문제였기 때문이다. 일반 시사 상식 문제를 생각했던 사람들로서는 당황스러울 수밖에 없었다.

화면에는 어지럽다고 표현할 수 있는 수식이 펼쳐져 있었고 곧이어 세트장 중앙으로 공학용 계산기가 전달되었다.

"꽤 어려우실 겁니다. 대국민 퀴즈 쇼는 제아무리 사법 고시 수석 합격자라고 해도 만만한 퀴즈 쇼가 아니니까 말이죠.

문제를 푸실 때는 공학용 계산기를 참조해서 써주시면 되겠습니다."

진행자가 대남을 바라보며 짐짓 너스레를 떨었다. 세트장 한편에 있던 김 PD 또한 초장부터 대남을 한번 떨어뜨려 대국민 퀴즈 쇼의 위엄을 알리려는 듯싶었다.

하지만 대남은 그들의 기대가 무색하게도 입가에 미소를 지어 보이며 말했다.

"2번 4713.2㎧입니다."

"……네?"

"정답이 2번 4713.2㎧라고요."

"……이번에 정답을 못 맞혀도 패자 부활이 남아 있기는 하지만, 1단계 문제부터 너무 성급하게 정답을 고르는 것이 아닐까요? 동역학은 대남 씨라고 해도 생소한 분야일 텐데요."

진행자 또한 정답을 모르는 것은 마찬가지였기에 얼핏 보면 대남이 거침없이 정답을 찍어내는 것처럼 보였다.

"괜찮습니다."

대남의 짧은 확언과 함께 곧이어 정답이 공개되었다. 화면에 송출되어 나온 정답에 류정환이 얼떨떨한 표정으로 말을 이었다.

"2번 4713.2㎧. 정, 정답입니다……! 초, 초심자의 행운이라는 게 정말 존재하기라도 하는 것 같습니다."

류정환은 얼떨떨한 표정을 계속 유지한 채 대남을 바라보며 물었다.

"동역학에는 생소한 대남 씨가 1단계 문제를 거뜬히 해결해냈습니다. 계산기도 사용하지 않으시고 문제를 푸셨는데 어떻게 하신 겁니까……? 임의로 답안을 고르신 것입니까……?"

이윽고 운이 좋아 정답을 맞혔다고 생각한 류정환의 귓가로 대남의 목소리가 들려왔다.

"운동에너지와 위치에너지를 같은 선상에 놓고 문제를 풀면 쉽게 풀립니다. 그리고 굳이 계산기를 쓰지 않고도 암산으로 풀 수 있는 문제의 수준이었습니다."

"……허. 동역학은 언제 공부하신 것입니까. 대국민 퀴즈 쇼를 위해서 미리 수학하신 것입니까? 법학부에서는 공과수학을 배우지 않지 않나요……?"

"취미입니다."

이후에도 대남의 파죽지세와 같은 정답 행렬은 진행자를 비롯해서 방청석에 자리하고 있던 방청객들의 눈마저 놀라게 했다.

"정답, 정답입니다……!"

대남의 계속되는 행보에 김 PD는 오히려 손을 움켜쥐고 환희하는 미소를 지어 보였다.

초장에 꺾으려는 계획은 무산되었지만 이렇게 독보적으로 천재적인 면모를 보여준다면야 후반부 문제에서 탈락했을 때 오는 효과가 더욱 극대화될 것이라 생각했기 때문이다.

그리고 그는 10단계 문제를 믿고 있었다.

그러던 와중 어느새 10단계 문제에까지 도달하고 말았다.

'의학 문제잖아.'

대형 화면을 통해 송출되어 나오는 문제에는 의학 문제가 쓰여 있었다.

위 문제에서 설명하고 있는 환자의 진단명을 찾는 문제로, 병증의 증상과 처방 약품들 또한 엑스레이 화면과 함께 대남에게 주어졌다.

사지선다로 이루어진 정답 후보에는 일반인은 보도 못 한 의학 용어들이 쓰여 있었다.

"대망의 10단계 문제까지 달려왔습니다. 대남 씨, 지금까지 어떠셨습니까."

"생각처럼 쉬웠습니다."

"생, 생각처럼요?"

대남의 말에 오히려 류정환 아나운서가 말을 더듬을 지경이었다.

어느새 과열되었던 세트장은 대남의 말 한 마디에 집중을 하고 있었다.

마치 신기를 부리듯 10단계 문제까지 거침없이 풀어내는 대남의 모습은 그야말로 범인의 경지를 뛰어넘었음을 혁혁히 보여주고 있었다.

'김대남, 이번에는 쉽지 않을 거다.'

세트장 한편에서 대남을 바라보고 있던 김 PD가 생각했다. 공학 수학 문제를 비롯해서 다른 문제들을 풀어낸 것은 폭넓은 취미 생활의 결과라고 치부할 수 있지만, 분명 의학 문제만큼은 다를 것이다.

하지만 그 기대는 채 오 분을 가지 못했다.

"3번 spinal tumor입니다."

"……지금 정답을 말씀하신 건가요……?"

"네."

"아니, 문제를 풀 수 있는 시간이 많이 남아 있습니다. 좀 더 신중하게 정답을 고르셔도 괜찮으실 텐데 말이죠."

"확신합니다."

대남의 그 말을 끝으로 곧이어 화면 위로 정답이 공개되었다. 대형 화면을 바라보고 있던 류정환 아나운서가 믿지 못하겠다는 표정으로 대남을 바라봤다.

'고맙다, 성욱아.'

대남은 한때 한국대학 병원에서 만났던 성욱이를 생각해 냈다. spinal tumor(척추암)을 앓고 있었지만 항상 웃음을 잃지 않았던 그 아이를 말이다.

"믿기지가 않습니다…… 정답입니다."

"……."

"……대남 씨, 실례가 아니라면 여쭤보고 싶습니다. 어떻게 하면 이렇게 생소한 분야에 걸쳐진 여러 문제를 손쉽게 풀어낼 수가 있는 것입니까……?"

류정환이 대남을 향해 물었다. 그 물음에 대남은 고개를 돌려 세트장 앞에 서 있는 김 PD를 잠깐 바라보고는 입을 열었다.

"아무래도 문제를 쉽게 낸 제작진 덕분이 아닐까요."

그제야 상황이 잘못 돌아간다는 것을 깨달은 것인지, 김 PD의 등에 굵은 땀방울이 맺히기 시작했다.

KBC 시사·교양국 국장실에선 차종오 시사·교양국장과 김재필 보도국장이 바둑판을 앞에 두고 마주 앉아 있었다. 차 국장이 손가락으로 백돌을 잡아 수를 두고는 입을 열었다.

"난 항상 중요한 일이 있기 전에는 이렇게 바둑을 두곤 합니다. 예부터 백의민족이라 불리던 조상님들이 그러했듯 인륜지대사(人倫之大事)와 맞먹는 중요한 날이니만큼 몸과 마음을 정갈하게 비울 필요가 있습니다. 그리고 그런 일에는 이 바둑만큼이나 제격인 것도 없지요."

"교양국장님께서는 참으로 양반이십니다. 예전 같았으면 적어도 영의정 자리는 차지했겠습니다. 이번에 40주년 창사 기념으로 사장님께서 교양국을 전폭 지원해 준 것도 전부 교양국장님 작품이라는 이야기가 있던데 말입니다."

보도국의 김 국장이 흑돌을 집어 맞수를 두고는 그렇게 말을 했다.

"그거야 사장님께서 우리 교양국을 좋게 봐주신 결과 아니겠습니까."

"……그래서 우리 아홉 시 뉴스 앵커를 가로챈 거로군요."

"허허…… 가로채다니요. 뭔 말씀을 또 그리하십니까? 류정환 그 친구가 스스로 선택한 것이나 다름없지요. 어떻게 보면 그 친구도 참 처세가 강한 사람이에요. 어느 프로그램이 KBC의 주류(主流)가 될지 단번에 파악하지 않았습니까."

차 국장의 말에 김 국장은 잠깐이나마 미간을 찌푸렸으나 이내 아무렇지 않다는 듯한 표정을 지어 보였다. 그런 김 국장의 귓가로 차 국장의 목소리가 계속해서 날아들었다.

"사장님께서는 중요한 해외 출장이 있어 함께 자리하진 못하시지만, 이렇게 보도국장과 함께 대국민 퀴즈 쇼를 시청할 수 있어서 다행입니다. 임원들끼리 임원실에 앉아 지켜보는 것보단 이렇게 바둑을 두면서 앞으로 벌어질 대잔치를 목도하는 것도 나쁘지 않지요."

그렇게 바둑 한 판이 끝나갈 무렵, 대국민 퀴즈 쇼의 생방송 시각이 코앞으로 다가왔다. 곧이어 대형 브라운관을 통해 KBC 실내 세트장에서 실시간으로 송출 중인 대국민 퀴즈 쇼의 모습이 방영되었다.

그 모습에 차 국장이 아주 흡족한 미소를 지어 보이며 말했다.

"김 국장, 참으로 멋진 광경 아닙니까. 보도국도 언젠가는 저런 영광스러운 날을 맞이하게 될 겁니다."

TV 속에는 세트장 정중앙으로 발걸음을 옮기는 대남의 모습이 생생히 나타나고 있었다. 차 국장은 당신의 인생에서 최고의 프로그램으로 평가받을 거라 확신하는 기획 작품의 서막을 바라보며 바둑돌을 집어 올렸다.

"자, 이제 시작이군요. KBC의 새로운 역사가 말입니다."

하지만 차 국장의 청사진에 금이 가는 것은 그리 오랜 시간이 걸리지 않았다. 대남이 1단계 문제를 손쉽게 통과했을 무렵 혹시나 하는 생각이 뇌리를 스쳤지만 개의치 않았다.

"……."

그러나 대남이 파죽지세로 10단계 문제까지 도달하자, 차 국장은 더 이상 바둑에 집중할 수가 없게 되었다.

-아무래도 문제를 쉽게 낸 제작진 덕분이 아닐까요.

이윽고 10단계 문제까지 풀어낸 대남의 목소리가 TV를 통해 흘러나왔다. 대국민 퀴즈 쇼를 향한 차 국장의 눈동자는 풍랑 속에 파도에 흔들리는 유람선처럼 위태위태했다.

보도국의 김 국장이 곁에서 그 모습을 지켜보다 흑돌을 집어 바둑판 위에 소리 나게 내려놓고는 말했다.

"외통수로군요."

대국민 퀴즈 쇼가 열리는 KBC 실내 세트장의 열기는 그야말로 대단했다.

대남의 천재적인 행보는 비범(非凡)하단 표현으로는 부족할 정도였고, 생소한 분야에서도 막힌 둑이 뚫리듯 시원스레 해답을 내어놓는 그 모습은 홍콩 영화에 심취해 있던 마초들의 감성을 건드릴 뿐만 아니라, 20세기 여성들에게 지적인 섹시함이 무엇인지 알려주는 단초가 되었다.

"정답입니다……!"

또 한 번 류정환 아나운서가 믿지 못하겠다는 표정을 지으며 외쳤다. 10단계를 돌파하면서부터는 류정환 본인조차도 혹시나…… 하는 불안감이 마음속에서 스멀스멀 기어 올라오고 있었다.

“와아아아!”

정답이라는 소리에 환호하며 홍분하는 방청객들을 뒤로하고 세트장에서 가장 진땀을 흘리고 있는 이가 있다면 단연코 김석태 총괄 PD일 것이다.

‘이, 이게 도대체가 어떻게 된 일이야……!’

겉으로 내색할 수는 없지만 이미 등에 맺혔던 굵은 땀방울은 홍수가 되어 빗물처럼 등을 적시고 있었다.

하지만 이대로 포기할 수는 없었다. 김 PD는 힘이 풀렸던 손바닥을 다시 말아 쥐며 의기를 불태웠다.

‘아직 다섯 단계나 더 남았다. 그 정도면 충분해.’

15단계 문제를 통과했을 무렵, 류정환이 다시금 대남을 바라보며 질문을 했다.

그도 대남이 이런 높은 단계까지 단번에 올라올 줄은 상상도 못 한 모양인지 이마에 비지땀이 송골송골 맺혀 있었다.

하지만 아나운서라는 직업이 허명은 아닌 듯, 곧이어 청명한 목소리가 장내를 울렸다.

“정말 대단합니다! 과연 사법 고시 수석은 하늘에서 내린다는 게 틀린 말은 아닌가 봅니다. 15단계 문제까지 전광석화처럼 한 치의 망설임도 없이 풀어낸 김대남 씨에게 질문 하나 드리겠습니다. 여기까지 올 수 있었던 가장 큰 원동력은 무엇입니까? 아무래도 자기 자신이겠죠……?"

평소 자의식이 강하다고 생각될 법한 대남의 어록을 생각해 보면 류정환의 예측이 틀린 것도 아니었다. 하지만 대남은 류정환의 물음에 고개를 저어 보이며 말했다.

"아닙니다. 저는 보잘것없는 한 사람에 불과합니다. 저를 만들어주시고 길러주신 부모님께서 가장 큰 힘이자 원동력이겠지요. 또한 삶은 예기치 못한 방향으로 흘러가는 배와 같습니다. 그 키가 어긋나지 않도록 도와주신 수많은 인연이 제 인생의 원동력입니다."

대남은 카메라를 향해 깊게 고개를 숙여 보였다. 머릿속으로 수많은 사람의 얼굴이 스쳐 지나갔다.

1987년 그해, 한여름 날의 기적으로 시작된 인연의 고리는 과거와 미래를 오가며 대남의 가치관을 엮어주고 있었다.

"자, 대망의 16단계 문제입니다. 이제부터는 대국민 퀴즈 쇼의 룰에 따라 사지선다형의 객관식이 아닌 주관식으로 문제가 치러지게 될 텐데요. 과연 김대남 씨가 이러한 난관을 어떻게 극복해 나갈 수 있을지 지켜봐야겠습니다."

김 PD가 주먹을 쥐었던 이유는 여기 있었다. 16단계부터 시작되는 주관식 문제들의 행렬은 그 누가 와도 쉽사리 풀 수 없을 것이라 생각했기 때문이다.

애초에 15단계의 벽이 첫 회 만에 이토록 쉽게 허물어질지는 생각지 못했지만 말이다.

곧이어 대형 화면을 통해 주관식 문제가 출제되었다. 수많은 한자가 화면을 어지럽게 가득 채웠다.

그 모습에 기다렸다는 듯이 류정환 아나운서가 마이크를 쥐어 잡고는 말했다.

"유학 경전인 사서(四書)의 하나로써 중용(中庸)의 한 구절입니다. 일반인은 접하기 힘든 공자의 손자인 자사(子思)가 지은 것으로 덕과 인간의 본성인 성(性)에 대하여 설명하고 있습니다. 이번 16단계는 위 문장 중 빈칸의 내용을 직접 말씀해 주시면 되는 문제입니다."

말을 끝마친 류정환은 속으로 안도의 한숨을 쉬었다. 사실 이번 문제는 대남에게 남아 있는 소원권을 쓰도록 만든 문제나 다름없었다.

방청석에 법학과 교수진이 앉아 있어 신경은 쓰였지만 괜찮았다. 설령 중용을 읽어보았다고 한들, 전체 내용을 암기하고 있는 사람은 드물 터.

"대남 씨, 만약 문제를 해결하기 힘들겠다는 생각이 들면 소원권을 쓰시면 됩니다. 다만 주관식 문제의 경우 전문 서적을 읽어보는 것은 금지되오니 그 점 양해 바랍니다. 방청석에 있는 방청객분들 중 한 명을 지목하셔서 총 십 분간 대화를……."

"不息則久 久則徵."

"……네?"

"不息則久 久則徵(불식즉구 구즉징), 그치지 않으면 오래가고 오래가면 효과가 있다. 중용 26장 2절의 내용입니다."

일순 대남의 말로 인해 장내가 충격을 받은 듯 침묵이 감돌았다. 류정환은 저도 모르게 되물었고 대남은 다시금 정답을 알려줬다.

방청석에 앉아 있던 법학과 노교수들 또한 놀라움을 금치 못했다. 저들도 중용을 알고는 있었지만, 수많은 사람이 지켜보는 가운데 대남처럼 한 구절을 단번에 떠올리는 것은 불가능에 가까웠기에.

이윽고 류정환의 얼떨떨한 표정과 함께 대형 화면 위로 정답이 공개되었다.

[不息則久 久則徵]

대남이 말한 한자가 나타나자 사람들은 그제야 탄성을 터뜨렸다.

"도대체가 어떻게 알고 있었던 거죠?"

"저희 집이 출판사를 하기 때문에 평소 대학과 중용을 즐겨 읽었습니다. 그리고."

"……."

"제가 기억력이 상당히 좋거든요."

"허……."

김 PD는 망연자실한 표정으로 그 광경을 지켜보고 있었다. 그 순간, 김 PD의 어깨를 누군가가 짚으며 말했다.

"이게, 이게 도대체가 어떻게 된 건가……!"

헐레벌떡 뛰어온 것인지 평소의 체통에 맞지 않게 넥타이가 흐트러져 있는 차 국장의 모습이 김 PD의 눈동자에 들어찼다.

김 PD는 곧장 기립한 자세를 취하고는 차 국장을 향해 떨리는 목소리로 입을 열었다.

"그, 그게…… 하……."

김 PD는 쉽사리 말을 이을 수가 없었다. 그것도 그럴 것이 지금 대남이 보이고 있는 행보는 그야말로 영화보다 더 영화 같은 비현실적인 모습이었기 때문이다.

차 국장 또한 그것을 모르지 않는지 김 PD를 책망하기보다는 허탈한 표정으로 세트장 정중앙에 자리한 대남을 바라보고 있었다.

"정답, 정답입니다……!"

이후로 19단계까지 계속되는 대남의 멈출 줄 모르는 기세에 방청객들의 환호성은 점차 커져만 갔다.

시간이 흘러 과열되었던 열기가 소강상태에 접어들자, 류정환은 장내를 정리하고 다시금 말을 이었다.

"정, 정말 믿기지 않는 일입니다. 대국민 퀴즈 쇼 1회 만에 20단계에 도전하는 출연자가 생기리라고는 꿈에도 생각하지 못했었습니다. 과연 첫 화부터 방송사에 길이 남을 역사를 써 내려갈 수 있을지, 아니면 20단계의 높은 벽 앞에 무릎을 꿇게 될지 정말 기대되는군요."

"……."

"만약 마지막 문제를 통과하게 될 시 오천만 원의 상금과 트로피를 KBC 시사·교양국 국장님께서 전달해 주시게 됩니다."

류정환은 말을 하면서 장내를 훑어보았다.

"아, 마침 저기 계시는군요."

류정환의 말에 교양국장의 표정이 일순 당황함으로 물들었지만 이내 평소와 다름없는 온화한 미소를 지어 보였다. 이윽고 류정환이 정면 카메라를 바라보며 힘차게 외쳤다.

"무슨 말이 더 필요하겠습니까! 자, 마지막 문제 주시죠!"

류정환의 외침과 함께 대형 화면 위로 20단계의 문제가 공개되었다.

그 순간, 사람들은 저도 모르게 손으로 입을 막으며 기함을 토해냈다. 여태껏 거침이 없었던 대남 또한 지금 이 순간만큼은 주춤거리는 게 눈에 보일 지경이었다.

'됐, 됐다!'

그 모습에 김 PD가 속으로 환호했다. 혹여나 방송 역사상 최초로 첫방과 종방을 하루 만에 끝내 버리는 게 아닐까 노심초사하며 타들어 갔던 속이 조금이나마 진정되는 느낌이다.

"……소원권을 써도 되겠습니까."

"네, 물론입니다. 방청객 중 어떤 분을 지목하시겠습니까."

방청객들은 대남의 눈을 회피하기에 급급했다. 혹여나 대남과 눈이라도 마주쳐 선택받게 된다면 큰일이었다.

그야말로 시청자들의 몰매를 맞을 것이 뻔했다. 더욱 큰일인 건 이름난 한국대학교 교수진조차 곤란한 기색이 역력하다는 것이다.

"음……."

대남이 말꼬리를 늘이자 류정환은 미소를 되찾았다.

사실 9시 뉴스 앵커 자리를 고사했던 것이 천추의 한으로 남을 뻔했기 때문이다.

"방청객이 아니라, 교양국장님께 질문을 드려도 되겠습니까."

"교양국장님 말씀입니까……?"

갑작스러운 대남의 요청에 류정환이 의아스러운 것도 잠시, 세트장 밖에서 그 모습을 지켜보고 있던 교양국장이 고개를 끄덕여 보였다.

대남이 해답 찾기를 포기하고 쇼맨십을 보여주는 것인지, 아니면 정말 자신에게 도움을 청하는 것인지 알 방도는 없었지만 차 국장은 뭐든 간에 좋았다. 어차피 모르쇠로 일관할 생각이었기 때문이다.

이윽고 교양국장이 세트장 정중앙으로 걸음을 옮겼다. 그 모습을 지미집 카메라가 담아내고 있었다.

"네, 그럼 출연자의 뜻에 따라 소원권을 교양국장님에게 사용하는 것으로 하겠습니다. 제한 시간은 총 십 분이며 그 안에 문제에 관한 어떤 문답을 나누셔도 좋습니다."

대남은 곧장 고개를 돌려 교양국장을 바라봤다. 그리고 카메라가 그 모습을 줌인해서 생생히 담아내었다.

모두가 약속이라도 한 듯 침묵으로 일관하며 장내는 오로지 목구멍 사이로 침 삼키는 소리 외엔 어떤 소리도 들리지 않았다.

'그래, 어떤 질문이라도 해봐라.'

차 국장은 대남을 노려보며 어금니를 깨물었다. 설령 신이 온다고 해도 물러날 구석은 없었다.

대국민 퀴즈 쇼는 차 국장이 수십 년 방송국 생활을 겪으며 최종적으로 빚어낸 역작이었다.

'내가 여기서 무너질 것 같으냐.'

자신이 힘겹게 쌓아 올린 노력의 산물을 불과 21살의 애송이에게 함락당할 수는 없는 노릇이다. 이윽고 모두의 이목이 집중된 가운데 대남의 입에선 뜻밖의 말이 흘러나왔다.

"먼저 교양국장님께 묻겠습니다."

"……."

"제가 정답을 맞힌다면 정말 프로그램을 폐지하실 겁니까."

To Be Continued

Wish Books

강화학개론

빈형 게임 판타지 장편소설

[+15 초보자용 하급 단검 강화를
성공했습니다!]

사고와 함께 찾아온 특별한 능력.
남들이 메인 시나리오 퀘스트를 쫓을 때
한시민은 강화 명당을 찾는다!
가상현실 게임 '판타스틱 월드'에서의 강화를 위한 모험!

"아, 빌어먹을. 9강부터 이 X랄이네."

그 유쾌하고 통쾌한 이야기가 시작된다!